LÚCIDOS, APÁTICOS...
Y ALIPIO ENTRE LOS DOS

HÉCTOR REDOLTA

Reservados todos los derechos. No se permite la reproducción total o parcial de esta obra, ni su incorporación a un sistema informático, ni su transmisión en cualquier forma o por cualquier medio (electrónico, mecánico, fotocopia, grabación u otros) sin autorización previa y por escrito de los titulares del copyright. La infracción de dichos derechos puede constituir un delito contra la propiedad intelectual.

El contenido de esta obra es responsabilidad del autor y no refleja necesariamente las opiniones de la casa editora. Todos los textos e imágenes fueron proporcionados por el autor, quien es el único responsable sobre los derechos de los mismas.

Publicado por Ibukku
www.ibukku.com
Diseño y maquetación: Índigo Estudio Gráfico
Copyright © 2021 Héctor Redolta
ISBN Paperback: 978-1-64086-842-7
ISBN eBook: 978-1-64086-843-4

ÍNDICE

Alipio, las fantasías y yo	7
Dulce monotonía	14
Rosario en un limbo	22
Supersticiones y tristes realidades	26
Las peliverdes	32
Vivir entre apáticos	35
Vida y tribulaciones en la tierra de los lúcidos	37
Una vez más Rosendo	41
La invasión, otros olores	47
El Supremo y la llegada de Los Kavkas	49
Disonancia Cognoscitiva	51
Los Extraños	53
Otra vez Alipio	56
La Massiel	59
Alipio y Diógenes	62
La noche de los locas	65
Thais	68
Lola la Cotorrona	71
Días turbulentos	74
Lluvia de libros... ¿y para qué?	78
La estampida, un adiós	82

Nadie es lúcido por hacer en su vida una buena decisión..., sin embargo, apáticos hay muchos.

Alipio, las fantasías y yo

Pienso que todos los lugares, especialmente las ciudades, tienen su olor característico y las escenas conjugadas con olores nos llevan a un pasado vivido en un tiempo y un espacio en otra etapa de nuestras vidas. Creo que pasamos por los mismos lugares muchas veces aún después de muertos, esto no es cuento, esto se estudia hoy día.

Mi ciudad, por supuesto, también conservaba ese olor que la hacía única y Alipio y yo lo comentábamos cada vez que salíamos a recorrer las calles del Distrito Cultural, último vestigio de una capital en precipitoso avance a la modernización, otrora lugar de libre expresión en arte, literatura, teatro, ahora convertida en paredes y muros mohosos llenos de propaganda y arengas odiosas.

El olor era una combinación de gardenias y galán de noche con pasajes de una época que nunca llegamos a vivir porque no llegamos a tiempo, se nos negó ese derecho, nos agarró la rueda de la mala suerte.

No sé si era un don que Dios me había dado, pero sí estoy seguro que no estaba fantaseando cuando percibía aquellos aromas provenientes de los portales o de las ventanas abiertas, ahí mismo, como si me dieran un manotazo en la frente, fijaba mi vista en los mosaicos de los corredores y me transportaba en cuerpo y alma, en ese mismo espacio, al pasado, y sentía y veía gente diferente a las de ahora, claro que los puedo describir si me lo preguntasen, hombres bien vestidos, elegantes, con buena lana, mujeres con blusas blancas de hilo, almidonadas y sus conversaciones coherentes resonándome en los oídos con un acento fuerte y claro, libre de vulgaridades a las que yo estaba acostumbrado a decir y a oír en el tiempo y espacio que me tocó vivir.

Todavía existía en la ciudad olvidada los *graffitis* del *Chori*, una leyenda de la música que tocaba su música rítmica pero desordenada, una variante muy de moda por aquellos tiempos en las pistas de baile en Broadway, donde frecuentaban rubios con el corte de pelo estilo *arte y renovación* a derrochar sus fantasías de rumba tropical, pura payasada, tirando pasillos alocados a diestra y siniestra. Esto último lo sé porque me lo contaban los viejos del barrio, no porque lo llegué a ver ni cosa por el estilo, pero en mi mente puedo asociar este personaje en locales pequeños impregnados de humo de cigarrillos, a media luz y un penetrante olor a cerveza y ron combinado con el sudor de la lujuria *y* la diversión pagana; blancos, negros, mestizos, mezcla de goce y entrega total al placer que da el ron y el estrepitoso repicar de los tambores.

Así debió ser el lugar donde siempre esperábamos el autobús que nos llevaba de regreso a casa después de recorrer los históricos laberintos de la ciudad que nos vio nacer y que ahora nos castigaba con su frialdad y su resistencia al paso del tiempo. Ya abandonada, condenada por culpa de la inconformidad de sus ciudadanos y que comenzaba a cumplir su sentencia indefinida al terminar de una década.

Era un edificio abandonado y sombrío, con un anuncio lumínico (que ya no iluminaba), en forma de copa de champagne y que al final rezaba en letra corrida EL INFIERNO NITE CLUB.

—Yo siempre quise haber sido el hermano de mi papá en vez de su hijo, te juro que la hubiera pasado mucho mejor con él, pero mira la suerte que tengo, nací en el lugar y en el tiempo equivocado y me tengo que joder aquí, contigo, esperando el autobús un día más de los tantos aburridos que nos faltan por vivir.

Le decía yo mientras me entretenía escarbando a la orilla de la acera en busca de algún vidrio roto o alguna otra evidencia que me hablara del pasado de aquel rincón, pues conocía de antemano que otros más afortunados, se habían encontrado removedores de tragos, manteles, hasta paquetes de servilletas bien conservadas y que se mantuvieron enterradas bajo los escombros del parqueo, ahora cubierto de matojos y de la basura de todo el barrio.

—Para esa mierda, ya que ahí no vas a encontrar nada. Mira, sé que es imposible mirar, pero coño, ¡echa a andar tu imaginación, chico! ¿Ves esa casa? Bueno, imagínate que llegamos, tocamos a la puerta y nos abre Robert Plant en un pijama blanco con un gorrito de pompón y en su mano izquierda un candelabro, o mira, mira, ¿qué te parece ésta? El esqueleto de Jim Morrison con una sotana negra de esas que te cubren la cabeza y cantando Riders on the Storm.

Acto seguido, mi imaginación echaba a volar y le poníamos música de fondo y tarareando la canción, nos subíamos al autobús para sentarnos en la última fila, que casi siempre iba vacía. Alipio y yo teníamos esa conexión única entre los dos para fantasear en cualquier lugar o escenario, en la playa, en los conciertos de grupos de rock que solapadamente tocaban en casas, casi siempre de hijos de apáticos, con cierto poder en el nuevo orden hecho **por el bien y para el bien de todos**.

La casona aquella era una de esas típicas mansiones estilo California, ubicada en lo que en una época fuera una de las zonas de gente pudiente, con una arcada en la entrada principal y un jardín, ya convertido en un monte mohoso, que en cierta parte cubría unos bancos alrededor de un *gazebo*, podrido por las lluvias, el paso del tiempo y el abandono de los que una vez se largaron huyendo de las consignas y del futuro incierto.

Desde el día de la estampida de los lúcidos ya había pasado una década, pero para nuestra suerte, ambos, lúcidos y apáticos, estábamos en coordenadas relativamente cercanas en la costa este, y las influencias, estilo de vida, arte, música, eran recogidas por las ondas radiales, cosa que favorecía enormemente a los apáticos, porque le daban la bienvenida a mucha información negada por tantos años. Practicar ese tipo de actividad era como poner las manos en agua hirviendo, así que para Alipio y yo, era una forma más de rebeldía o subversión, si es que así se le puede llamar, menos riesgosa que estar pintando letreritos en las paredes o chiflar en el cine cuando el Supremo salía en aquellos interminables discursos utópicos que había que tragarse antes de comenzar la película y además era algo que de alguna forma nos acercaba al prohibido mundo de los lúcidos.

Sí, ése era nuestro pasatiempo favorito y por esa razón nos íbamos a la playa a sentarnos en la arena con un «radiecito» de batería a pegar bien la oreja a la bocina para no dejar escapar el más mínimo sonido de los acordes de Jimmy Pages o del otro Jimmy, para que otros muchos que estaban sentados en otra playa, revolcándose en la arena como Diógenes «el cínico». Mi filósofo favorito solía hacerlo para ir en contra de la sociedad que le tocó vivir y que no vinieran con cuentos ni presunciones.

Alipio tenía una habilidad impresionante de aprenderse los nombres de las bandas musicales que los lúcidos oían libremente, yo no me quedaba atrás y ambos podíamos competir con cualquiera en la música.

Casi todos los hermanos de Alipio, que eran unos cuantos, sabían tocar algún instrumento musical. En su casa bastaba tararear una melodía improvisada y al momento se formaba una orquestación de silbidos, palmadas y toques de percusión, que estoy seguro hubiera sido caldo de cultivo para los jazzistas de Nueva Orleans.

Su otra habilidad era hacer zapatos de mujer, lo que ayudaba al sustento de la familia y de cierta manera lo introducía en el mundo de la farándula callejera como *El flaco de los tacones*.

Los recursos materiales para la elaboración de los zapatos, provenían de los desperdicios de una fábrica de nombre Goliat, situada al lado de uno de los cines del barrio y que en las mañanas un empleado viejo y encorvado se encargaba de botar los retazos de piel y las puntillas jorobadas en un latón de basura. Alipio esperaba en la esquina del cine listo para hacer su movida; tan pronto el jorobado terminaba su tarea y volteaba a la fábrica, Alipio llegaba, recolectaba los pedacitos de piel y las puntillas y los metía en un saco que mi madre le había confeccionado para esos menesteres y salía corriendo calzada arriba, cruzando las intersecciones sin parar hasta llegar a su casa… y allí, en el patio de atrás, en un cuarto hecho de hojalatas y convertido en una improvisada zapatería comenzaba su artesana labor clandestina.

Los instrumentos de trabajo eran rústicos, viejos y algunos inventados por él mismo, lo que hacía la producción muy lenta, un par le costaba casi dos semanas de trabajo sin contar la pérdida de tiempo que ocasionaba las... no sé si decir inoportunas u oportunas, visitas de Aleida, la que vivía al doblar de la esquina, en el pasaje de los polacos. Era una mulata ya entrada en los cincuenta, celulítica y de piernas gordas. Ella se asomaba por las rejas de la ventana de la casa y Alipio le hacía una seña para que entrara por la puerta del traspatio sin hacer ruido.

—*Me encontré a tu mamá caminando por la plaza y conversando con la mujer del panadero; y tus hermanos... ¿dónde están?*

—*No preguntes más, acaba de halar el banco y siéntate.*

Y así, con pocas palabras, empezaba el morboso idilio de Aleida y Alipio.

Era una escena bien montada que ya llevaba meses, ella venía preparada desde su casa, sólo con una bata ancha de cuadros que la hacía más gorda y que, cuando alzaba los brazos, no sólo mostraba sus peludas axilas, sino también mitad de los senos. Mientras Alipio martillaba sobre la suela de un zapato. Aleida, sentada en el banquito, comenzaba a abrir sus piernas poco a poco, sus muslos eran tan gordos y compactos que no permitían ver mucho más allá. Entre martillazos y preguntas tontas con respuestas en monosílabos, Alipio apuraba la faena mientras Aleida abría las piernas con más empeño e indiferencia a la vez, hasta dejar ver, al fin, una masa carnosa bien definida, lista para las más maravillosas fantasías de mi amigo Alipio, en ese momento sólo para él.

No existía dialogo entre ellos, todo era como en una película silente, el flaco echaba a un lado el martillo de zapatero, se desabotonaba el pantalón, se lo bajaba hasta los tobillos y empezaba a sobarse su pene erguido, mientras Aleida se subía la ancha bata de cuadros hasta la altura de los senos para dejar entrar a Alipio y, sentada sobre él, cubría a mi flaco amigo y a la silla para formar de dos cuerpos, uno.

Los desagradables y pocos sensuales gemidos de Aleida retumbaban en aquel cuartucho lleno de rendijas y Alipio, en acto de desesperación, le agarraba la boca en vez de tapársela, para que no hiciera tan estrepitoso ruido. Ella asumía esa actitud como si él estuviera gozándola a plenitud, al igual que lo hacia ella cuando le frotaba la cabeza contra sus pechos, como si fuera jabón, hasta que ya después de satisfecha y servida, se levantaba bruscamente de las piernas de Alipio aplanándose el vestido de cuadros de colores y, sin mediar palabra, salía del taller dejando al pobre flaco hecho un guiñapo humano y con un esperanzador: «*te veo mañana*». A unos pasos de aquel rincón, siete bocas, incluyendo la mía, hacían lo imposible para no dejar escapar las delatoras carcajadas que rompieran aquella escena de inusual lujuria.

Todo muy bonito y feliz hasta la llegada de Ezequiel.

Dulce monotonía

Cada día, mes y año, era menos la posibilidad de transgredir el muro de agua que dividía a los lúcidos de los apáticos. Yo, por desgracia, estaba en el segundo grupo, el primero estaba compuesto por gente que, desde el comienzo de la algarabía provocada por las turbas destructoras, se avisparon y apurados, lograron salir dejando atrás todo para pasto y leña de las hordas envidiosas, las mismas de siempre, las que en nombre de una mejor vida, lo único que logran es llevarte a la vida de ellos, miserable y mezquina y mantenerte ahí, apático, nulo, vacío, existiendo, pero no viviendo.

La vida me transcurría al paso, repartida hábil y equitativamente entre mis padres, amigos, escuela y más amigos. Trataba de no permitir interacción alguna entre cada una de estas categorías que conformaban mi existencia en aquel entorno. Mi casa era como una especie de santuario para los esperanzados que, aún contra la adversidad del olvido, no descartaban la posibilidad de algún día brincar la valla oceánica y regresar a la vida normal.

Ahí nos reuníamos viejos y jóvenes a pasar las noches de apagones sentados en el portal, matando el tiempo, hablando del mismo tema de conversación de toda la vida. Yo en el grupo buscaba otra forma adicional de entretenimiento que me sacara de la misma cantaleta que ya me sabía de memoria y entonces me ponía a cazar los mosquitos con la mano, haciéndolos bolitas de sangre para pegárselos en la saya a Gloria, la pobre vieja cuando llegaba a su casa y se miraba en el espejo, antaño confidente de lo que una vez fuera un cuerpo hermoso de mujer desnuda, comenzaba a maldecir a cada uno de los participantes de la tertulia tratando de adivinar cómo y cuándo aparecieron esas manchas rojas: «¡*Me cago en la madre de todos!*» Repetía una y otra vez.

Gisela, por su parte, se quedaba embelesada oyendo a Rosendo contar las anécdotas de sus viajes y aventuras alrededor del mundo, en otros tiempos, cuando todo era normal. De cuando en la ciudad de las luces de neón y de grandes estructuras cementadas sobre roca ígnea, él se daba la gran vida como parqueador de autos en un hotel, donde a altas horas de la noche convergían los aristócratas y las rameras de vuelo alto para pasar la noche.

—*Mucho, ¡óiganlo bien! ¡mucho dinero que gané en aquel hotel! Sólo en propinas, más de veinte pesos diarios.*

—*¿Y qué hacías con tanto dinero, Rosendo?* —preguntaba Gisela con asombro.—*Ese cochecito que ustedes ven ahí lo compré con mis ahorros.*

Decía Rosendo al mismo tiempo que señalaba un pedazo de hierro oxidado con cuatro desgastadas llantas que tantas veces nos sirvió de ambulancia y que ahora estaba posado, digo, parqueado en la acera del frente.

—*Y este reloj me lo regaló un texano dueño de unas minas de cobre en Suramérica, sólo por hacerle el favor de empatarlo con Casandra, la vedette más bella y elegante del cabaret Roxi, en el corazón de la ciudad de las luces. A mí, sí que no hay quien me haga cuentos, ¡yo sí he vivido!* —señalaba Rosendo dándole toquecitos con el índice a la esfera amarillenta de un Omega de cuerdas, mientras apuñalaba su mirada hacia mí, el más joven del grupo.

No sé si lo hacía en gesto de humillación o de lástima por la etapa que me estaba tocando vivir, y que si no me apuraba la vida, me la iba a pasar sin historias ni legados.

Lo que más le asombraba a Gisela, era cómo Rosendo pudo pasar el coche a este lado del mar, la infeliz no caía en cuenta que en los tiempos donde el mundo era uno solo, no un pedazo, las cosas funcionaban normalmente, porque no había barrera de separación alguna, el mar no era una pared divisoria, sólo era el mar.

Rosendo era flaco, bien flaco, de extremidades largas, bigote fino y canoso, al igual que su cabellera que se amoldaba perfectamente aún con la falta de vaselina. Su aspecto era enfermizo, pálido y con una tos provocada por la nicotina acumulada por años en su pecho de pelusas blancas, que además le servía como marco a un tatuaje de la virgen del Sereno. Poseía el don de adornar las anécdotas de forma tal, que uno es capaz de vivir el momento a medida que el relato avanza, las descripciones de los lugares los detallaba paso a paso, recalcando los detalles importantes y relevantes, imprescindibles para la configuración imaginaria de un sitio, de un *momentum*. Recorría una avenida de la gran manzana de una punta a otra contando los almacenes, tiendas, mercados, restaurantes, de una acera a la otra, la gente, —*Los judíos de un lado, los italianos del otro* —nos contaba de Delancey—, *cuadras y cuadras de tenderos con sus mercancías expuestas en la acera y los transeúntes regateando hasta el último centavo.* De Marys, de las famosas Parades, llenas de colorido y mencionaba la palabra Navidad y lo que ésta traía consigo, árboles de colores, nieve, el color blanco, símbolo de pureza y limpieza, paz , música divina exenta de vulgaridades y doble sentido, una alegría general donde todo estaba mezclado, sin distinción, de raza ni clases sociales.

—*Te podías encontrar un rico con una botella de wiskey o vino barato recostado en un poste eléctrico, compartiendo de la misma botella con un pordiosero* —decía Rosendo con aire alegórico a la escena descrita y esa palabra: Navidad, lo enmarcaba todo.

Era solterón, pero la gente rumoraba que había tenido amoríos con una señora mucho mayor que él y dueña de una joyería en la ciudad, al otro lado del mar y que de esa relación había nacido un niño anormal, que desde la primera noche de desvelo tuvo la cobardía de negarlo, huyendo a estos lados del revés que el destino le había deparado.

Vivía solo en un cuartucho y no permitía visitas, como si estuviera escondiendo algo material o quizás, sus recuerdos. Sólo Gudelia era a la única que Rosendo dejaba entrar a su aposento.

A la caída de la tarde, cuando las sombras de los edificios favorecían la acera del lado opuesto, se veía a Gudelia *la bigotuda*, caminando a paso lento, dirigiéndose a la maltrecha habitación de Rosendo, con la cabeza inclinada hacia el lado izquierdo y mirando hacia abajo para asegurarse de no tropezar con ningún obstáculo y al mismo tiempo esquivar las miradas acusadoras de las viejas chismosas sentadas en los portales, abanicándose con pedazos de cartón y resumiéndole la vida y milagro a todo el que pasaba. En este caso, a quién mejor que a Gudelia, la maldita que le arrebató el marido a la difunta Consuelo, ambos muertos veinte años atrás y que estas sedentarias no podían perdonar, como si sus perdones las condenaran más a sus miserables e improductivas vidas.

La mujer del panadero, (nunca supe su nombre) también formaba parte de la tertulia, era bien recibida por el grupo porque traía pedazos de pan con azúcar que se robaba de la panadería para repartirlos entre todos y así entretenernos la boca. Su participación era breve, casi no hablaba, se pasaba todo el tiempo en posición de reflexión y asentando con la cabeza en cada palabra o gesto del anfitrión de turno. Era como si todo de lo que se estaba hablando, ya ella había pasado por eso.Mientras tanto, su hijo Paito, un niño regordete con una mancha roja simétrica que le cubría la mitad de la cara, se entretenía con una aguja de tejer tirado en el piso del portal, sacando los taquitos de churre de entre los viejos y agrietados mosaicos españoles, ya gastados por el correr de los años y las trapeadas de mi bisabuela, abuela y luego mi madre.

«*Vieja cabrona e irresponsable*», decía una de las chismosas, refiriéndose al defecto de Paito, provocado, según ella, porque la mujer del panadero salió a observar un eclipse de sol estando preñada.

En aquella infinita oscuridad de nunca acabar, de vez en cuando se oía la sirena de una patrulla chillando gomas, persiguiendo a algún infeliz que, aprovechando el privilegio que nos daba la planificación, el ahorro, la mesura y cuanta madre de las bondades que el sistema nos brindaba, se filtraba en una bodega para llevarse lo que estuviera a su alcance. La gran mayoría de las veces, el malhechor era capturado, no por la habilidad del cuerpo policial sino por la delación de un vecino que frustrado y movido por la envidia a la osadía, no reparaba en apuntar su índice hacia el lugar donde el futuro, **no persona,** se ocultaba.

La nota más divertida comenzaba a la hora en que se encendían las luces. De todos los balcones, portales, cocinas, patios, se oía una expresión de alegría por la venida del *alumbrón*, hecho que muchos aprovechaban para encender las viejas bombas de agua y empezar a llenar potes, jarras, vasijas, orinales, lavaderos, bañaderas, como si se prepararan para la llegada de un huracán o de una guerra, la famosa guerra que siempre estábamos esperando, la que nos tenía desvelados por días que parecían siglos, la de los enemigos que nunca conocimos y que en el fondo estábamos deseosos por conocer. Todo esto era sólo una medida de precaución, por lo que pudiera acontecer a la llegada del próximo día.

Este tan esperado momento, siempre sorprendía a Lisandrito, *el maricón* del barrio, sentado en la escalera de la entrada de su casa con las manos en el falo de alguno que otro transeúnte que, perdido o en camino a su casa, encontraba el placer y el desahogo de una frustrada cita de amor en la bondad y la boca del primogénito de quien en vida fuera uno de los hombres más importantes de la **instauracion** del gobierno popular, Lisandro Maderas Lumpuig.

Sandy, como todos le llamábamos, era muy popular y admirado por su actitud ante la vida y la forma de actuar ante los percances y enfrentamientos con los extremistas que no lo aceptaban por poseer una cualidad poco usual y práctica, la sinceridad, cualidad que va de la mano con la transparencia y ambas completamente opuestas a los nuevos conceptos de moral y ética implantados una vez más **por el bien y para el bien de todos.** Pero amén de estos conceptos impuestos y aceptados por la nueva sociedad a la que todos pertenecíamos, Sandy era respetado y admirado. Su forma de pelear era mediante la filosofía del cinismo, la forma más ética y elegante de defenderse el ofendido frente al ofensor, sin agresión física ni verbal.

Sandy rompía con todas las reglas de comportamiento, en su forma de vestir, de caminar, de mirar al vil extremista cara a cara sin bajar la vista mientras lo insultaban o lo lapidaban. Como cuando lo expulsaron de la escuela de medicina porque su voz y sus ademanes no correspondían a un futuro cuadro político y era un mal ejemplo para las futuras generaciones de apáticos que estaban planificados en serie para ser médicos, **los mejores del mundo**, burda mentira, porque esa masa de jóvenes eran guiados a un destino que quizás, muchos de ellos no deseaban, porque en el nuevo orden, la vocación individual se va a la mierda y Lisandrito, una equivocación más, escogió querer ser galeno en un pedazo de tierra donde no había cabida para él.

El día que el claustro de profesores y el **comité de apáticos por la patria** decidieron, por *votación unánime,* expulsarlo de la escuela de medicina, lo pararon frente a una multitud de más de cien estudiantes y a secas, sin mostrar la más mínima expresión de seguridad en lo que estaba leyendo, un miope leía de «carretilla», comiéndose los puntos y las comas de forma cronológica, los lugares y las amistades que frecuentaba Lisandrito, lugares mal vistos y gente mal vista, focos de inconformes perjudiciales ataviados con ropas extravagantes del mundo de los lucidos y con ideas nada afines con el sistema creado una vez más **por el bien y para el bien de todos** y al final, para acabar de rematarlo y sentenciarlo, este infeliz sacó como prueba del delito un disco de Freddy Mercury que un día le fue robado a Sandy mientras se encontraba en el baño y comenzó a hacer una disertación y análisis de la música, escogiendo a *Bohemian Raphsody* como ejemplo de música decadente escrita sólo para *niños debiluchos y amanerados.* Nada, que en cuestión de minutos, el hijo de un mártir luchador por el nuevo orden, fue pisoteado y humillado por las risotadas de un grupo de apáticos introvertidos, pero Sandy una vez más se defendió: «¡*Mírenme bien! Yo soy el espejo de sus propias vidas y de sus propias frustraciones, ustedes también se llaman Sandy*».

De nada valieron sus palabras, los apáticos no lograron entender su mensaje.

Rosario en un limbo

En las largas caminatas nocturnas en busca de nada, siempre me encontraba con alguno que otro conocido en mi misma situación, caminando como un zombi sin saber a dónde ir a matar el tiempo.

Fue una de esas noches que me encontré a Ulises, quien traía consigo un ramo de flores blancas arrancadas del solar yermo que estaba al fondo de lo que una vez fuera la iglesia de Nuestra Señora de la Esperanza y ahora convertida en lugar de sistemática letanía oficializada.

«*Estas flores son para Rosario, que la tengo en el Hospital, tú sabes, sacamos mal la cuenta y si no nos apuramos, estamos embarcados*».

Era la época en que se estilaba llevarle algún presente a las mujeres que decidían interrumpir el embarazo y Ulises, como la gran mayoría de los apáticos de aquella generación, no ponía reparos en divulgar sus dotes de macho semental. Era como una especie de complemento ante los demás, de gritar a los cuatro vientos que su pareja se estaba haciendo un aborto, prueba de libertad de pensamiento y decisión que nuestra nueva sociedad nos otorgaba. ¿Quién dice por esos mundos podridos y viciosos, que en nuestro mundo no somos libres de hacer con nuestras vidas (y las de otros por venir) lo que se nos dé la gana?

Decidí acompañar a Ulises al hospital y allí me encontré, tirada en una cama, a Rosario maldiciendo la hora en que había nacido mujer. Estaba toda desgreñada, con cara de disgusto e inconformidad por las pocas atenciones y el desdén del personal médico de aquel lugar. Para mí no había nada sorprendente en eso, así era en todos los lugares, en los hospitales, farmacias, fabricas, autobuses, en fin, en donde hubiera contacto humano. La apatía hacia las más elementales necesidades ajenas se generalizaba, se manifestaba en las expresiones y las miradas de indiferencia; la sed, el dolor, el hambre, el placer, nada de eso tenía cabida en la caja de los sentimientos, simplemente porque el cuerpo y la mente de cada uno de los apáticos del país no estaba programado ni planificado para darle solución a estas necesidades y mucho menos si la persona afectada por una de estas extrañas sensaciones, tenía tendencias a relaciones normales, propia de **entes** y no de verdaderos **cuadros**, la nueva generación que la elite en el poder se esmeraba tanto en formar y educar, una vez más, **por el bien y para el bien de todos.**

—Hace dos horas llamé al enfermero para que me trajera un vaso de agua y estas son las santas horas que el hijo de puta no aparece, cada vez que me acuerdo de que por tu culpa estoy aquí, me dan ganas de mandarte al carajo y no saber más de ti. Si no fuera por ese maldito cuarto que comparto contigo, ya hace rato me hubiera ido.

Rosario ciertamente estaba incomoda por su malestar y por su vida. Ya iba para cinco años que estaba arrimada a Ulises y a la cola de la madre, una hermana y el marido de ésta y no la aceptaban por mulata e hija de un señor que un día tuvo la osadía de pensar y después comentar cómo acabar con el Supremo que nos tenía aislados del resto del mundo , una vez más **por el bien y para el bien de todos**, grave pecado que se paga con el ostracismo o la muerte, siendo esta última la pena impuesta a tan atrevido señor.

Ulises era la única persona que quería a Rosario, a pesar de los desplantes de ella que únicamente se mostraba complaciente a la hora de los cumplidos en la cama, porque Ulises le gustaba como hombre y ella, de cierta manera, hacía de él lo que le daba la gana, hasta el punto de dejar la puerta entreabierta cuando fornicaban, sólo para molestar a su cuñada y al marido de ésta con su gritería cuando estaba en pleno clímax y ya de paso dejarles saber que la mejor pieza de aquel cuchitril le pertenecía a ella, *la negra entrometida* y al infeliz de Ulises. Esa era su forma de venganza, de irle a la contra al mundo disonante que la rodeaba y que promulgaba igualdad para todos, blancos y negros, frase que su suegra no cesaba de repetir como un papagayo cada vez que se sentaba frente al viejo televisor Admiral a mirar los discursos políticos, mientras su cuñada se remordía los labios viendo cómo Rosario, sentada en el borde de la cama al lado de Ulises, acariciaba suavemente su cabeza, peinando con sus dedos abiertos como peineta, su cabellera, pieza corporal, madre de las discordias entre la raza blanca y la raza negra. Así era en el país de los apáticos, la vara que medía de donde procedías, tus ancestros. Con sólo ver la configuración de tu pelo ya bastaba, suficiente para etiquetarte: «eres negro, albino, mulato, blanco». Una pena, parejas de estos *mezclados* con ilusiones de ser felices, se frustraron, se quedaron en el camino por culpa del ¡qué dirán!

—*Por favor, te pido que no discutamos esta noche, no te hace bien* —le imploraba Ulises mientras trataba de asirle la mano.

—*Mira, habla con el médico* —le respondía ella—, *dile que yo ya me siento bien y que quiero irme a casa, digo, a casa de tu mamá, haz lo que sea, ofrécele algo, una botella de licor, lo que sea, pero sácame de aquí a como dé lugar* —decía Rosario mordiéndose los labios y hablando entre dientes.

No era para menos, aquel hospital parecía una mansión embrujada. Pocos bombillos alumbraban los estrechos salones, las colillas de cigarrillos en el piso de losas blancas y negras entrelazadas, daban la imagen de piezas de ajedrez sobre un tablero y a medida que uno avanzaba en busca de la salida, se iba encontrando escenas chocantes, absurdas, un médico con un cigarrillo atrapado entre sus labios, una enfermera destapando una herida en la nalga de un paciente con fístulas en el sucio baño del corredor, el grito de una mujer cuando le limpiaban las llagas de las quemaduras de la cara en aquel calor infernal, llantos de niños, olor a sangre mezclada con éter, aquello que llamaban laboratorio, montañas de historias clínicas de lúcidos sobre los escritorios y que supuestamente ya no servían para nada, pero que estaban allí, sabe Dios con qué fin, un gato encaramado en una mesa del salón de esterilización, risas, sí, risas de los que no sufrían ni padecían, porque no estaban allí para curar ni para ser curados, sino para administrar, arengar, vigilar, llenar espacios vacíos para aparentar que estaba todo bien en caso de alguna visita inoportuna de algún invitado de honor y empezar a querer cambiarlo todo corriendo, queriendo transformar las caras de los enfermos en rostros de esperanza, de fe y confianza en los que supuestamente iban a curarle su mal. Y lo lograban... transformarles el rostro.

Supersticiones y tristes realidades

La primavera llegaba a la ciudad con su peculiar olor que menguaba la peste proveniente de las calles y con el color característico de los árboles que contrastaba con las tristes tonalidades de los descascarados edificios que pedían a gritos que se fijaran en ellos, que una vez, en un pasado no muy lejano, habían sido bellos, llenos de colorido y que no se merecían ser ignorados por sus habitantes y los foráneos, con sus insultantes miradas de lástima, compasión, indiferencia. Algunos las utilizaban como punto de comparación entre sus ciudades y aquella Cenicienta dormida, detenida por el tiempo y el capricho del Supremo.

La casa de Alipio se llenaba una vez más de vecinos que en esa época del año se daban cita para venerar una imagen religiosa insertada en una lámina de *Fleet Wood Mac*. De cómo llegó esa lámina, nadie sabe. A nosotros nos causaba risa ver cómo se inclinaban ante aquel cuadro, pues no estábamos seguros si loaban a la imagen religiosa o a la banda de rock.

—*¡Imbéciles! cómo es posible que la gente coma tanta mierda y sean tan ignorantes y lo que más me jode, es que mi propia madre les participe de esta porquería. Un día vamos a parar a la cárcel por cuenta de toda esta gente* —decía Alipio meneando la cabeza, dando la impresión de asombro e impotencia ante lo que estábamos viendo.

A mí lo que más me llamaba la atención del cuadro, era la frescura y el victoriano rostro de Stevie Nick, con una flor en la cabeza y la mirada perdida hacia el infinito, nunca he visto una cara de mujer tan linda como la que se podía contemplar en aquella cartulina.

Dentro de aquella concurrencia estaba Ezequiel, un tipo *sangrón*, de estos que a primera vista ya caen como licuado de tuerca y tornillo en el estómago por su forma de mirar y gesticular y que cuando abría la boca, era sólo para hablar babosadas y hacer referencia de sus *vivencias* dentro de la cárcel de la ciudad, donde pasó una parte de su vida junto a otros insectos de su misma especie.

Alipio no permitía ningún tipo de comentario negativo acerca de Ezequiel, pues para él, Ezequiel era el buena gente que le suministraba la pega para la fabricación de los zapatos a cambio de nada y para colmo y desgracia estaba cortejando a su hermana menor, esto a espaldas de Alipio.

Con la mano izquierda metida en el bolsillo del pantalón y el pie derecho apoyado en la pared, Ezequiel miraba con ojos de águila a todas las mujeres que entraban por la puerta a brindarle sus respetos al cuadro, si había alguna que le gustaba, entonces empezaba a hacerle insinuaciones, ya bien agarrándose los testículos o sacando la lengua de medio lado y recorriéndola por el labio superior. Aquella que asentaba con la cabeza o correspondía con un *hola*, sería el blanco perfecto para Ezequiel.

Hábilmente, Ezequiel se acercaba a la presa y comenzaba a hablarle de los problemas y las tragedias del cotidiano vivir, recalcando todo el tiempo que había que refugiarse en alguna creencia, llevando la conversación al tema de la religión, razón por la cual estaban todos reunidos y así ganarse la confianza de la mujer, que la mayoría de las veces estaba sola, muy sola porque su marido era ateo y no creía ni en la paz de los sepulcros o porque estaba cumpliendo con los deberes que el nuevo orden le había asignado.

Apartados en un rincón de la sala, Ezequiel le susurraba al oído palabras que impactaban a la mujer, porque ésta reflejaba en su rostro curiosidad y asombro.

Al rato, del susurro pasaba al manoseo y las caricias y finalmente, en la confusión de la multitud apiñada alrededor del cuadro, Ezequiel la llevaba al cuarto de hojalatas y allí pasaba la noche como el rey Calígula, metiéndole los dedos en la vagina y el ano, ella con el pecho pegado al piso; escuchándose los senos hincándose en la rodillas, los clavos regados en el piso y el trasero apuntando para arriba todo abierto y separándose con sus manos las tapas de las nalgas, así nomás, sólo un acto morboso. Ezequiel, satisfecho, regresaba a la sala a mofarse de ella pasando su mano pegajosa embarrada de fluidos corporales por las narices de todos nosotros, gesto vulgar y grotesco, reprobado por muchos, celebrado por otros. Ni manguerazos de agua bendita nos hubieran limpiado el cuerpo de tan acto pecaminoso.

La velada religiosa se acababa casi siempre como a las dos de la madrugada y algunos se quedaban hasta más tarde conversando, con el pretexto de que hacía mucho calor para irse tan rápido a la cama. El último en irse era Ezequiel, quien se quedaba a solas con Alipio tratando de convencerlo para un asunto que se traía entre manos, pero que él solo no podía y necesitaba la ayuda de Alipio, porque era flaco y ligero.

Una noche de lluvia, cuando el teniente y su mujer se encontraban en la calle con sus respectivas funciones de represor y delatora, Alipio y Ezequiel penetraron por la ventana de la casa y se dieron a la tarea de saquear el ropero de ella, llevándose toda la ropa y un dinero guardado en una caja de habanos. Después de consumado el hecho, Ezequiel le pidió a Alipio que guardara el botín en su casa y dejara pasar unos días para no levantar sospechas y más tarde vender la ropa y repartirse el dinero a partes iguales.

Pasaron tres meses y un buen día tocaron a la puerta de Alipio, éste abrió y se sorprendió al ver que era Sara, la mujer del teniente, quien en un tono de humildad y tolerancia le pidió a Alipio que le devolviera los cuatro trapos que le había robado, que el dinero no le interesaba, que ella bien sabía que habían sido él y el *sangrón* de Ezequiel, pero que en consideración a su amistad con su familia y especialmente con su mamá, ella no lo iba a delatar a la policía.

Eso no fue lo que convenció a Alipio para que le devolviera todo lo robado a Sara, inclusive el dinero, él nunca fue como Ezequiel. Lo que lo movió a llevar a cabo esa fechoría es una incógnita, pero desgraciadamente, el único que pagó las consecuencias de aquel acto fue él, Alipio, el infeliz que cayó preso porque no iba a cometer un acto de poca hombría delatando a Ezequiel y porque las promesas de Sara no valieron para nada. El teniente ya había hecho la denuncia.

Él mismo se encargó de llevarse a Alipio, los dos se montaron en un autobús con destino a un lugar desconocido, donde al cabo de los cinco meses, después de rogarle tanto al uniformado que nos dijera a dónde había llevado al zapatero, éste cedió y nos condujo, nada más y nada menos, que a la misma casa abandonada cubierta de enredaderas y tejas mohosas, silenciosa como siempre y ahora más sombría, la misma que nos inspiraba en nuestros sueños cada vez que nos parábamos frente a ella a esperar el autobús de regreso a casa, la que en nuestras psicodélicas imaginaciones Jim Morrison nos salía en pijamas.

El mismo teniente nos confió que después de dejar a Alipio en aquella casa, nunca más supo de su paradero.

Pasaron diez años desde la última vez que vi a Alipio, era otro, ya no era el mismo hermano de la infancia, el de los días de playa, cuando con tres monedas lo resolvíamos todo, cuando echábamos a volar nuestra imaginación para no mentir como lo hacían otros.

Durante aquellos largos años de cautiverio para Alipio, nunca se recibieron noticias de él, las visitas a la cárcel, solamente estaban limitadas para su madre, que en los días de visita recorría un sendero angosto y polvoriento hasta llegar a una cerca alambrada.

Contaban que al final de aquel camino se encontraba una cerca de alambres de púas de diez pies de alto, donde la gente, de un lado y del otro de la cerca, se apilaban para tratar de encontrar a sus familiares.

La señora siempre era una de las primeras en llegar y la última en irse, se quedaba sola, su única compañía era el eco de sus gritos clamando por su hijo Alipio, que nunca llegaba a la cerca, que jamás se confundió en el centenar de reclusos harapientos apisonados a granel sobre aquella tierra improductiva, escogida para el almacenamiento de la desesperación, la incertidumbre, las miserias humanas, los ideales, las equivocaciones, todo confundido en un sólo efecto, producto de una misma causa.

A mucha distancia de aquel lugar se repetía la misma escena a la inversa, Alipio, junto a otro centenar de famélicos reclusos adheridos a otra cerca de púas, gritaba llamando a su madre que nunca llegaba. Siempre era el primero en llegar a la cerca y el último en irse, agarrándose la pierna izquierda por el dolor de una herida que nunca sanó bien, producto de una pelea entre él y otro recluso por causa de una *peliverde*.

Cuentan que mientras los reclusos se encontraban durmiendo, extenuados por la tediosa caminata de la cerca hasta las barracas, Alipio se entretenía arrancándose las *postillas* de la pierna y abriéndose la herida a propósito para mantener, según él, la mente ocupada y a la vez evitar que al siguiente día lo forzaran a trabajar la jornada de doce horas cortando maleza bajo el ardiente sol tropical, mientras que otro compañero de desgracias se aliviaba la psoriasis que le atacaba la mano derecha frotándose la misma hasta hacerla sangrar en el muro de concreto que dividía las barracas con las letrinas.

Las peliverdes

¡Dios bendiga este lugar!, un alivio, una ilusión, un aliento, algo al menos por qué vivir el diario y la esperanza de acabar el día feliz, cansados y «descojonados» como estamos, pero con ganas de ver a estas criaturas que están sembradas allá atrás, cada día más verdes y más frondosas, que poco falta para que nos hablen las muy «cabronas».

Las **peliverdes** eran unos árboles de tronco erguido y de corteza blanda, que cuando cortabas una rama, emanaba una savia blanca y gelatinosa. Los presos les abrían un hueco a la altura de la cintura y las utilizaban para fornicar por las noches a la hora del cambio de guardia.

En la noche, cuando los guardias creían que los reclusos estaban tirados en sus camas, extenuados por las largas y agotadoras horas de trabajo en los campos cubiertos de plantas espinosas y rendidas sus fuerzas por los maltratos físicos y mentales, estos, de forma organizada, se levantaban de dos en dos, con las arrugadas fotografías de sus esposas en la mano, como monjas con su rosario y con cautela se iban al fondo de las barracas a encontrarse con sus arbustos. Les hablaban y algunos les peleaban o les comentaban cómo les fue el día en la oficina, o les preguntaban por sus hijos, si habían comido o no y después se las templaban abrazando el tronco verde inmóvil, ellas quietas, quizás pasando por la pena de ser sólo unas hetairas incapaces de dar frutos o hijos como lo hacían las demás plantas. Sin embargo, ellas fueron las únicas que lograron un espíritu de camaradería y disciplina entre los presos, porque era interés de todos mantener oculto el propósito de aquellas plantas, que tan importantes eran en aquel momento para sus vidas. Y así, unos a otros, se turnaban para visitar aquel oasis de placer que milagrosamente Dios, o a lo mejor el mismo **ministro**, el que todo lo puede y todo lo sabe, había puesto en sus manos uno más de sus descabellados experimentos.

Lo que ellos no sabían, era que también los uniformados las penetraban a la hora del cambio de guardia y mientras ellos se encontraban en los campos de trabajo forzado, porque tenían las mismas necesidades y, para el caso, también formaban parte del grupo de marginados encerrados allí, y todos, vigilantes y reclusos, estaban confinados allí listos para ser utilizados como conejillos de india, dirigidos por la única cabeza pensante del país, siempre avispado, pensando en las consecuencias que pudiera traer la práctica de la «*zoorastia*» a estas alturas, cuando la situación del país no estaba como para estar encontrándose gallinas desculadas por todas las zonas rurales y capitalinas.

Casi todas las plantas tenían grabadas nombres de mujer en su tronco, *Dolores, Beatriz, Alba, Marion...* y Marion fue la causa del altercado entre él y un guardia. Alipio la halló primero, pero tuvo la mala suerte de llamarla Marion, pensando que como éste era un nombre poco usual, no iba a ofender a nadie. Desgraciadamente ése era el nombre de la esposa del vigilante y éste, en un arranque de celos, la emprendió a golpes y estacazos con mi infortunado amigo, propinándole una paliza de padre y señor mío, hiriéndole la pierna con la punta de una estaca, quedando el flaco hecho una etcétera. Tal fue por la golpiza, que los propios guardias lo condujeron a la clínica militar para ver si tenía salvación.

Esta actitud de los guardias provocó que los demás presos se alejaran de Alipio, pues empezaron a mirarlo con recelo. Una prebenda como ésa no se le ofrece a nadie y para todos, de ahora en adelante, Alipio no era más que un infiltrado delator, capaz de dejarse magullar para pasar inadvertido entre ellos.

Pobre vida la que pasó el mulato zapatero durante sus años de encierro en aquella tierra cercada por alambres de púas, sólo al lado de Marion, la **peliverde** que en las noches sin luna le servia de puta y de sombra silenciosa en el caluroso día de sol ardiente, mientras que él, sentado a los pies de sus raíces, se contemplaba la punta de su pene frunciendo el ceño, extrañado por la aparición de un punto verde *clorofílico* en el prepucio y que ya le comenzaba a molestar un poco... y recordaba a Aleida... y se consolaba pensando que había encontrado en Marion a una semejante a ella, que no hablaba, que solamente daba señales de vida cuando una brisa le agitaba su cabellera de hojas verdes y que siempre estaba lista esperando por él; que tampoco hablaba mucho cuando de estas cuestiones de fornicación se trataba.

Vivir entre apáticos

Cuando miro la vida en colores,
viene alguien y me la pinta en blanco y negro
o me la borra con una frase
o se interpone entre los dos.
Opacándome la esperanza,
enmarcándolo todo.

¡Santos cielos!, ¿cuándo aprenderán estos hijos de puta a no meterse en asuntos ajenos?, vieja costumbre pueblerina heredada de nuestros antepasados y ahora llevada al extremo por obligación y entretenimiento.

«¡Esto simplemente es un pantalón blanco con rayas azules!»

¿Qué hay de raro para que se forme tanta *alborotería*? ¿Por qué tiene que salir Luisa, la pintada al balcón, a gritarme esas barbaridades?

Así ha sido siempre, no por gusto tengo la fama de ser introvertido y mal educado, ¡pero coño!, si cada vez que hago el pujado intento de saludar o dar los buenos días a estos cuervos, siempre me salen con una patada o con una frase indirecta, con un mal de fondo.

Si no fuera por lo buena que está su hija, ya hace rato que la hubiera mandado al carajo y le hubiera roto las ventanas de la casa de su colorida madre a puras pedradas por la noche. Me pasa lo mismo cada vez que tengo que pasar por la esquina de lo que una vez fuera una farmacia y que ha quedado sólo para sitio de reunión de vagos con fachada de inconformes que posan sus nalgas en el escalón desde que amanece hasta la caída de la tarde. No puedo imaginarme, yo sentado junto a ellos, tragándome el negro monóxido de carbono de los viejos Chevrolet y Ford que pasan tan pegados a la acera y esta gente ahí, indiferentes, sin inmutarse para nada, tomando una actitud de muerto viviente, total, qué más da.

Mi gran miedo es envejecer con ellos, porque al final ése va a ser mi destino si sigo aquí en esta mierda de ciudad olvidada. Acuérdense que va a ser así, dentro de unos años, todos, sin distinción, los de profesión y los de oficio, los originales y frustrados emprendedores que por ese *defecto,* el sistema los tilda de *autosuficientes,* vamos a integrar una masa compacta de harapientos deambulando por la calle con un saquito debajo del brazo, en busca de algo para llevarnos a la boca y al alma, porque de esperanza también vamos a estar vacíos, a no ser que surja un milagro y ese gran manto de agua salada, que nos hace diferentes a los demás pobladores de este planeta, se seque y nos veamos en la larga y tediosa tarea de integrarnos a la vida con sus triunfos y fracasos, tarea muy dura, porque no estamos preparados para un evento de tal envergadura, en fin, a la vida.

Sí, no lo niego, cada vez que veo a Sofía recorriendo el mismo camino de su casa a la bodega mensualmente, a buscar lo que le corresponde, nomás me da pavor. ¿Cuál ha sido la misión de esta señora en esta tierra? Ojalá mi vida terminara muy lejos de aquí, en China, en Calcuta o el Reino de Bután, porque no me resigno a ser un conformado enmarcado con lo que me corresponde, porque lo dicta **el grande,** la máxima autoridad de este pedazo de tierra, como si el muy cabrón me hubiera parido o criado, ¡Dios me libre!

Vida y tribulaciones en la tierra de los lúcidos

La ciudad de las luces devoraba a los lúcidos con sus grandes edificaciones, el bullicio de la gente en la calle, el ruido de autobuses, carros, trenes, la confusión de ideas y costumbres diferentes a las que todos, obligatoriamente y mandatorio, tenían que adaptarse y aceptar.

Diego, cansado por una larga jornada de trabajo nocturno, regresaba a su casa después de doce horas cargando camiones de viejas llantas que iban a parar a un lugar de reciclaje, dormía unas tres horas y se incorporaba de nuevo para asistir a una iglesia, donde hacía trabajos de limpieza, quería ahorrar un dinerito para matricular en una escuela de oficios.

Camino a casa, Enzo venia en dirección contraria a Diego.

—*¡Qué hubo Diego! se ve que la agarraste en grande, dime una cosa, ¿en qué cueva te metes? porque yo casi me las conozco todas.*

A Diego no le cayó nada bien el comentario de Enzo, había pasado una noche muy dura trabajando como un perro, sudando la gota gorda tirando llantas gastadas, para que lo vinieran a confundir con haber pasado una noche de juerga y jodas. Sólo se limitó a responderle con un «*hola*» de mal gusto y siguió caminando rumbo a su apartamento.

Enzo no le dio importancia, él también estaba cansado, pero de pasar la noche saltando de cueva en cueva, como él bien decía, estaba «*acidoso*», un mal aliento seco y unas protuberantes bolsas grises debajo de sus ojos.

En su desmesurada búsqueda de la satisfacción absoluta, tropezó con un conocido que le dio una tarjeta: **Artículos exclusivos para caballeros**. Se dijo: «Voy a comprar ropa de clase, ¡y nada de eso!»

La dirección de la tarjeta lo condujo a un putero, pero un putero con ciertas particularidades circenses.

Enzo fue al lugar indicado por la tarjeta, transeúntes caminando de arriba a abajo, era un lugar en medio del bloque, tocó la puerta, ésta se abrió, se dio cuenta que la habían abierto con una línea que iba desde el segundo piso hasta la puerta, le recordó cuántos amigos lo recibían de la misma forma, se acordó de Hugo *el negro*, era muy común, la escalera larga y para evitar bajar, tiraban una linea desde el recibidor hasta la manigueta. Subió las escaleras, ¡putas a todo color!, negras, rubias, peludas en los muslos con un corte perfecto recto a mitad, porque fetiches a la pelambrera no faltaban, el caso era satisfacer al cliente.

Recorrió la sala buscando su ramera perfecta, no le cuadró ninguna, pero le llamó la atención un cubil con la puerta cerrada y un semáforo con la luz roja prendida, un traganíquel y una advertencia que decía: **mire, no toque**. Echó unas cuantas monedas, la luz cambió a verde y la puerta se abrió, adentro una gran silla y sentado, un ser extraño, las piernas «escarranchadas» en los brazos del mueble enseñando las partes de la hermafrodita, una gorda de nombre Pilar, porque era el que le pagaba. Puede ser Pilar hombre o mujer y Pilar, con una combinación de sombra de pelitos en el labio superior y unas tetas grandes con unos pezones oscuros y en medio de sus piernas, como guardias de seguridad, sus labios vaginales, cuidando aquella protuberancia, un apéndice del tamaño de un dedo meñique, Pilar pasaba parte de su tiempo sentada en esa silla buscándose la vida y la otra parte jugando squash en una cancha con otros normales que la respetaban y no se metían con ella ni la criticaban ni se burlaban, experta disparando la pelota verde Wilson a la pared y haciendo trampas, formaba parte del *team* de jugadores. Pilar, muy orgullosa... u *orgullosoa*... u *orgullosea*, o lo que sea, nadie se metía con ella o él... lo que fuera. Eso era en un lugar que le decían *la dependiente*. Una finca enorme que en el pasado fue un campo deportivo, después usaron los pabellones médicos y laboratorios donde le hacían análisis de sangre a los enfermos, aquellas agujas gordas pinchándote el brazo, el enfermero hurgándote en la vena y no encontraba la diana, y tú cagándote en la madre del hombre que estaba haciendo su trabajo. Me acuerdo que era un lugar bellísimo con una arquitectura increíble, una distribución perfecta en pabellones con jardines alrededor, todos tenían nombres, fuentes, muros donde me sentaban a esperar el turno para ver al médico y yo, que nunca llegara, que no me movieran de ese lugar, el aroma u olor que nunca falta en los lugares que te atraen, un dispensario de remedios y una columna en medio del salón con un mueble de madera fina negra, de esas que duran toda la vida, que le daba la vuelta, yo con fiebre y falto de aire. Ahí murió Caracol, la vecina, la de la colección de piezas de porcelana y comadrona que se dedicaba, lo mismo a hacer abortos que a partos. Artistas famosas se iban a consultar con ella, a escondidas para que sus fanáticos no se enterasen. Era muy ocurrente y cómica, de cualquier desgracia hacía un chiste, que al final de la tragedia de la noticia del día, nos hacía reír con sus ocurrencias. Subir las escaleras hasta la azotea de su casa era una diversión para empinar papalotes que llegaban a calzadas *lejas*, muy *lejas* y al final se iban a bolina con sus rabos de colores para un lado y los frenillos y el papel de china por el otro, enredándose en una tendedera o en un poste eléctrico y ahí se acababa el sueño de volar.

Una vez más Rosendo

Una vez Rosendo me dijo que quería confiarme un secreto que jamás se lo había contado a nadie y muy misterioso me condujo a su cuarto, no sin antes haberme hecho pasar un buen susto subiendo las escaleras de tablas podridas y caminar por el angosto pasillo lleno de plantas sembradas en viejas latas de conserva que, según Gudelia, tenían propiedades curativas y espirituales. Allí, en el cuartico alumbrado por una luz muy tenue, el hombre delgado de bigote fino, sacó de debajo de su camastro un viejo baúl negro bien atado con un cinturón y muy cauteloso, montando una escena de intriga y misterio, procedió a abrir el cuarteado cajón de piel reseca atestado de fotografías en blanco y negro, donde se mostraban bellas mujeres ataviadas de lujosos trajes, salones con majestuosas lámparas, otras mostraban a caballeros vestidos de forma impecable, las mesas montadas con finas copas de vino y en una de ellas Rosendo, el mismo de toda la vida con el cigarrillo atrapado entre sus dedos de la mano izquierda, acaparando la atención de los comensales y a su lado una hermosa dama de cuello largo, adornado con un collar de perlas y unos guantes de seda hasta los antebrazos. Una cajita de música muy cuidadosamente conservada estaba en una esquina de aquel baúl, Rosendo la tomó entre sus venosas manos, la abrió y salió una bailarina dando vueltas sobre una rueda al compás de una música de campanillas muy suave y dulce, los brazos extendidos, sus pies punteando el piso y las manos instigando a un regreso, como invitando al público del teatro a subirse en el escenario y participar todos juntos en la danza.

—*Por esta arpía estoy aquí* —dijo Rosendo—. *A ella le debo mi desdicha y este hermetismo que me consume día a día por más de veinte años, porque la vergüenza me tiene encerrado en estas cuatro paredes, ¿qué pasaría si el destino me lleva de nuevo a esos lugares, que sé todavía existen, y quede regado por ahí alguno de estos que ves en las fotos y me reconoce? ¿Adónde meto la cabeza? ¿Hago igual que el avestruz?*

Las imágenes y escenarios de antaño siempre me han cautivado, así que las quejas de Rosendo de ninguna forma iban a sacarme de mi atención a aquellas fotografías, porque ése era uno de mis pasatiempos favoritos, pero indirectamente y sin voltearme a mirarlo, le respondí que si esa remota casualidad llegara a pasar, no había de qué preocuparse, que la inmensa mayoría de toda esa gente eran lúcidos, que ya no tenían nada que ver con nosotros porque estaban bien lejos, viviendo quizás, los últimos días de sus vidas dándole gracias a Dios por haber acertado en largarse a tiempo.

—*Sí, todos se fueron, excepto una.*

—*¿A quién te refieres?*

Rosendo apuntó a la dama encopetada sentada a su lado.

—*¡Mírala bien, coño!*

No era imaginación lo que me pasaba por la mente en ese momento, eran puros flashes de concentraciones y arengas de apáticos gritando consignas y dado vivas al nuevo orden implantado, mientras una mujer muy esbelta arengaba a la multitud odiosa y desafiante, sí, era ella misma, Lucía Mendieta, la que hipócritamente aparentaba ser la protectora del pueblo y la mediadora de cuando las cosas se ponían al borde de lo inaguantable, la que tuvo la *brillante* idea de repartir entre los más *sacrificados* los bienes y las mansiones dejados atrás por los lúcidos para que desbordaran su ira, echando abajo las vitrinas cargadas de vajillas de plata, rompiendo las figuras de cristal de murano, los jarrones de porcelana y reemplazándolas por percudidas jarras de aluminio con que se lavaban sus partes íntimas y se meaban dentro y las tiraban por las ventanas a los cuidados jardines, matando la belleza, cambiando el panorama, secando la tierra para siempre, destruyéndolo todo.

La Mendieta, como los apáticos la llamaban, fue la pieza clave que manejó el mal aventurado destino de Rosendo.

Pero qué hacía esta preponderante mujer en esa fotografía, con ese collar de perlas, codeándose con toda esa gente rara, ¡nada que ver con su naturaleza y al lado de Rosendo!

Nada que ver con la vida que nosotros los apáticos conocíamos de ella. Me di cuenta de que Rosendo no me quitaba la vista de encima, siempre con la misma manía de estudiar mis expresiones, observando mi reacción, sumido en mi silencio, atónito.

Yo sólo me limité a encogerme de hombros, preguntándome en silencio qué tenía que ver con él, con todo esto.

—*Hace muchos años, aún cuando no habías nacido, Lucía se paseaba por las anchas aceras de la ciudad de las luces de neón firmando autógrafos y regalando boletos de entrada para las funciones de teatro. La gran Lucy.*

Intuí que Rosendo iba a comenzar una anécdota y me acomodé bien en su camastro, acostado en forma de cuchara y acomodando mi cabeza en mi mano, porque así se disfruta más un relato.

—*Llegó como por arte de magia a un hotel donde yo trabajaba, junto a un coreógrafo de costumbres raras, bien raro el tipo, de vestimenta estrafalaria y desde el primer día comenzaron a llegarme quejas de las otras habitaciones del hotel por los escándalos provenientes de la habitación 204. ¡Coño, no se me olvida el número, carajo!*

—*Fueron innumerables las veces que tuve que acudir a tratar de aplacar la situación y muchas veces también las que salí mal parado, cualquier objeto de adorno era convertido en proyectil y lanzado hacia mí.*

—*Una vez se me ocurrió tocar a la puerta, extrañado porque las peleas habían cesado súbitamente. Al ver que nadie abría, decidí meter la llave maestra del hotel, abrí la puerta, caminé unos pasos y noté la puerta del baño entreabierta. Ahí encuentro a Lucía sentada en el borde de la bañadera con una toalla enredada en su cuerpo, tentando la temperatura del agua, me le acerqué con confianza, volteó a mirarme, estaba llorando.*

–*Se fue, se largó de aquí el muy maricón con un violinista —me dijo ella— y me ha dejado plantada con la responsabilidad de la obra, la escenografía, los extras, ¡todo! y para colmo, sin dinero.*

—Sentí pena por ella —comentó Rosendo—, le puse mi mano en su hombro en un gesto de compasión, se levantó dejando caer la toalla, dejando al desnudo su cuerpo bello, pero cansado de un mal día.

—Cualquier cosa aguanto, cuanto menos que me agarren lástima —me dijo Lucía—, así que no me vengas ahora con tus compasiones, ya la tina está llena de agua tibia, déjame refrescar y enseguida estoy contigo, que buena falta me hace un macho esta noche —concluyó.

—Y fueron muchas las noches —continuó Rosendo—, ya en mi habitación al este de la ciudad, en mi cama, sobre la sábana acartonada por el sudor y otros fluidos más que yo no me atrevía a lavar, para no perder su presencia los días que ella me faltaba, que me engañaba con otros por conveniencia, por agarrar al menos un papel secundario en alguna obra o actuar de payasa bufona de los más influyentes y famosos actores de la época. Al final, ella regresaba, siempre regresaba, porque yo le hacía falta, yo era su complemento y ella el mío.

—¡Tú qué sabes quién es ella hoy día, sé que te es difícil creer todo lo que te estoy contando, pero créeme que así sucedió todo, que este flaco, todo «descojonado» como estoy, fue uno de los hombres en la vida de Lucy Mendieta y ese honor me corresponde, aunque las consecuencias hayan sido desastrosas para mí. Eso permanecerá por siempre en mi récord de emociones.

¡Dios mío! ¿de qué récord ni ocho cuartos me está hablando este Rosendo?, no entiendo cómo es posible que un ser humano pueda vanagloriarse de su propia desgracia. Por primera vez empecé a sentir rechazo a las anécdotas de Rosendo. ¿Por qué a última hora este desgraciado ha echado por tierra toda la admiración que yo sentía por él? Es uno más de tantos, maldita forma de vivir de los apáticos que se apuntan sus miserias como una victoria sólo para hacerse sentir importantes, vivos en sus vacías vidas. De seguro ya Lucía Mendieta ni se acuerda de él y este imbécil la menciona como si durmiera con ella todos los días, flaco de mierda. Claro, tiene todo el tiempo del mundo para soñar con pajaritos de colores y hacerse masturbaciones mentales, de ser importante porque estuvo con esa arpía. ¡Cuántos en este cacho de tierra tienen la misma forma de ver las cosas!

La invasión, otros olores

Llegaron con sus perfumes y sus cargamentos materiales para restregárnoslos en la cara, los que una vez, en un momento de lucidez, se largaron a tiempo, los verdaderos sufridos que lo abandonaron todo en busca de libertad y una mejor vida, los criticados que ahora venían con otro semblante muy distinto a los de aquí, a los que nos quedamos atrapados por la fuerza de las ideas ajenas y la soberbia de muchos, y llegaron cargados de ideas para crear confusiones y dudas, para romper el molde que el gran dictador había hecho con sus propias manos para que no nos saliéramos de la linea... y se revolvió todo de nuevo, porque resurgió la esperanza.

Lo que había durado una eternidad, por fin lúcidos y apáticos se encontraron por primera vez, por obra y gracia de Dios y por supuesto con la venia del Supremo, y el mar se secó por un tiempo dejando un espacio para permitir la coexistencia, la categoría más fundamental, pero había muchas otras que sacar a la luz. Mientras los lúcidos, en sus tierras se habían nutrido de experiencias buenas y malas, de sabiduría, victorias, fracasos, felicidad, en fin, la vida; los apáticos poseían una muy triste, el vacío, y eran como velas sin lumbre. Sus cerebros estaban embuchados en pensamientos erráticos, no tenían dirección, una infinita línea que no tenía principio ni fin. Un día sin amanecer y una noche sin oscurecer, pero tenían una virtud, eran extremadamente desprendidos de sus cosas espirituales y materiales, que eran muy pocas. La extrema necesidad que padecían los apáticos por años, los hacía muy unidos a ese sentimiento, compartían todo lo que tenían, cosas simples y básicas, un pedazo de pan, una aguja de coser, el papel del libelo que le llamaban prensa y que usaban para limpiarse el trasero, escogiendo la primera plana, que era donde siempre aparecía la cara del Supremo, la única forma de burlarse de él sin dejar huellas ni sospechas, sólo dejándole un merecido maquillaje en el rostro, total, al caso no le interesaba, prefería salir a hacer sus arengas de odio con la cara sudorosa y embarrada de la mugre de un día de deporte, no importaba cuál fuera, tirando patadas a las pelotas o lanzándolas. Tosco, jugaba con botas militares desencordadas, corriendo todo el campo y pisándose los cordones. Cuando tropezaba, enseguida salían sus guardias a auxiliarlo. Cuentan que en las cenas oficiales con sus súbditos o invitados de honor, solía pasarse la manga del uniforme por la boca después de cada bocado de comida. Para él no existía la servilleta blanca, se sentía afeminado usándolas.

Apoyados en sectas religiosas, sustituyendo la cruz por gallinas, huevos, trapos rojos, brebajes, se aferraban a su fe haciendo rituales, cambiando el rosario por collares de caracoles y semillas secas, cosas sin sentido, nada que ver con la voluntad divina y las enseñanzas del rey de reyes, desviados por completo de la verdadera esencia de la fe, del camino a seguir que nos enseñó nuestro señor, el único que podía salvar a ambos, lúcidos y apáticos, sólo uno para los dos y para el resto del universo.

De ese encuentro tan esperado, surgieron los inevitables conflictos conceptuales y espirituales, que no han cesado, porque el camino es muy largo y aún ambos, lúcidos y apáticos, siguen separados, no han logrado formar una sola entidad, a pesar de ser criaturas salidas de un mismo vientre.

El Supremo y la llegada de Los Kavkas

—¡Llegaron los Kavkas! vamos a mostrarles todas las cosas buenas que les podemos brindar y que ellos puedan admirar. Antes de llevarlos a las reuniones protocolares, démosles un paseo por la ciudad y después llevémoslos al juego de pelota.

Así, los Kavkas, vestidos de traje, cuello y corbata, fueron llevados al terreno deportivo.

Era un día caliente, la humedad a todo lo que daba, un cielo azul desprovisto de nubes y con un sol abrasante.

Se sentaron todos junto al Supremo en primera fila, única para él y los apáticos con poder. Veinte escalones detrás estaba sentado un negro que no atendía el desarrollo del partido, estaba concentrado, mirando al Supremo y sus invitados de honor.

Uno de los Kavkas estaba sentado a la diestra del Supremo, el resto a la izquierda, el de la derecha comenzó a rascarse la cabeza y a menearse en el asiento con impaciencia e intranquilidad. El negro no le quitaba la vista de encima, la cara del caucásico se tornaba cada vez más enrojecida y las sudaciones emanaban un olor desagradable, agrio, que llegaba hasta la misma fila donde estaba sentado el moreno.

Ya no soportaba más, el Kavka comenzó a quitarse el saco, después la corbata, a remangarse la camisa blanca de *nylon* pegada a su cuerpo, empapada en sudor.

El negro, ni corto ni perezoso, exclamó: «¡*Ya descascaró el primero!*»

La algarabía y las risas de los fanáticos no se hizo esperar, su comentario sacó a la concurrencia de la atención del juego. El apático que estaba sentado a su lado, lo miró de reojo y con el ceño fruncido.

A los tres o cuatro minutos, el Kavca a la izquierda del Supremo comenzó a hacer lo mismo, el negro volvió a hacer el mismo comentario: «¡*Ya descascaró el segundo!*»

Con cara de disgusto e intolerancia, el apático se levantó de su asiento y desapareció.

En un cuarto de hora, un apático uniformado se posó detrás del negro y tocándolo por el hombro, le dijo que lo siguiera.

Tres días después, en otro partido, un fanático comentó que el negro había salido bien. ¡Y sí que libró! Sólo fue una amonestación en público y un minúsculo castigo: no volvería a pisar la arena deportiva por el resto de sus días.

Disonancia Cognoscitiva

Una breve descripción del término D.C.: Significa primero disonar, es decir, hablar algo incoherente, decir lo opuesto a una cosa, a lo blanco decir que es negro. No hay que ser experto en la lengua española para saber que cognoscitiva proviene de conocimiento. La conjugación de estas dos palabras significa algo así como *conozco tu disparate y acepto tu disparate.*

Este término era bien usado por el gobierno creado *por el bien y para el bien de todos* para mantener a los apáticos bajo control mental y obediencia ciega. Se les aplicaba a todos, pero especialmente a aquellos desviados de la línea trazada por el Supremo, quizás copiada del gobierno kavkiano. Un ejemplo de la aplicación de este término, era que te sentaban en una silla de interrogatorio, te mostraban el *Guernica*, no referirse a esa pintura durante un rato del interrogatorio y de pronto comenzar a hablar del cuadro y **afirmar,** de forma suspicaz y normal, que *la persistencia de la memoria* representada en **ese cuadro,** estaba muy hermosa enmarcada en un marco oval.

Para que el reo interrogado saliera bien del interrogatorio, tenía que admitir de forma sincera, convencida, que esa información era verídica, real, exacta, sin mostrar ningún tipo de dudas al respecto, dejando que la conversación fluyera de forma espontánea.

De esta forma, el interrogador quedaba satisfecho de su trabajo, había logrado, sabiendo bien y consciente, que el reo estaba mintiendo y en total desacuerdo con él, pero admitía y afirmaba todas las incongruencias y los sin sentidos que el interrogador, a sabiendas, había logrado sacar de sus palabras y al mismo tiempo, doblegarlo mentalmente.

Otra forma de aplicar la D.C. era en público, general y directamente a todos los apáticos. El Supremo podía *afirmar* que los zopilotes eran perjudiciales para la agricultura y había que eliminarlos, o que los campesinos tenían que aceptar que los Kavkas venían a esta tierra a dar clases de cultivo de plátanos y mangos mientras que nosotros, en reciprocidad, mandábamos cazadores de cocodrilos a tierra kavkiana a adiestrar a los caucásicos en la caza de osos.

El resultado esperado era la aceptación y los aplausos de los apáticos de tan absurdo planteamiento.

Los Extraños

Los apáticos recogidos para labores agrícolas eran enviados a zonas rurales alejadas de la ciudad para labores de cultivo.

Eran distribuidos en barracas ya preparadas con literas de dos pisos, alineadas en una línea frente a la otra, dejando un pasillo en el medio para transitar. Sumaban alrededor de tres o cuatro barracas en total, más el comedor donde se reunían todos, los de una y los de otros a la hora del desayuno, almuerzo y cena.

Un día se notó la presencia de nuevos, acabados de llegar, eran raros en su físico y en su andar, también en su forma de hablar, parecían hermanos, una especie de «multillizos», la tez igual, el color de la piel, el tono de voz, los ademanes. Se corrió un rumor entre los apáticos de que venían de una montaña donde era común practicar el incesto, la relaciones entre hermanos, primos, tíos con sobrinas y que una vez descubierta esta montaña con sus moradores, todos estos fueron sacados de su hábitat y trasladados a un lugar lejos, dejando todos sus enseres, quedándose la montaña vacía.

—*Esto es un experimento* —*comentó un apático*—, *menos mal que los acomodaron en la última barraca.*

Pasaron los días y a los extraños los separaron del comedor, llevaban sus alimentos a sus barracas o comían a la sombra de los árboles tirados en la tierra, agarrando las porciones con los dedos y bebiendo el agua en viejas latas de conserva. Sólo nos encontrábamos temprano en la mañana formando filas ordenadas, en silencio, esperando ser llamados a la barraca.

Traían consignas y alegorías a un ser que, al parecer, era importante para ellos en sus vidas, un ser muy influyente, en sus cuellos colgaban escapularios con la imagen de quien llamaban su *Alto poder*, el salvador del mundo, el que promulgaba paz e igualdad para todos y que, según ellos, traería la felicidad a la tierra. Estaba representado con una barba a medio crecer y con imperfecciones, un bigotico rasgado en el medio, sólo pedazos de pelos cubrían malamente sus cachetes, un tabaco mordido con gusto entre sus labios y con una sonrisa sarcástica, como burlándose del mundo. «*No saben los que les espera si triunfo con mis ideas, matar, matar y matar al que no piense como yo. Una, dos y tres guerras, ¡crear muchas guerras!*»Para muchos, su aspecto nos recordaba a un comediante de cine muy famoso de aquellas películas en blanco y negro de la época de los años cuarenta. Años después, por arte, un camarógrafo hizo magias para cambiarle el rostro y presentarlo ante el mundo como el mesías; esa foto recorrió el mundo, representando a un ser que ni era el de la foto y mucho menos estaba destinado a salvar a los pobres, porque no estaba apto para esa encomienda. Carecía de los valores fundamentales de un ser humano, no fue buen hijo, abandonó a sus padres para lanzarse en una aventura que solamente lo llevó a recorrer ciudades y pueblos sin dejar legado alguno. Tampoco fue buen padre, entregó sus hijos a otros, y a una doctrina para que se los mantuvieran mientras él seguía en sus andanzas quijotescas de *hombre libre*. Fue grosero y soberbio con un pueblo ajeno burlándose de sus pobladores, aprovechándose de su superioridad y poder, firmaba papeles y órdenes de ejecución con un mote, no con su nombre, y lo más interesante, no supo ser su mayor aspiración, guerrero. ¡Un fracasado que se convirtió en leyenda, aún en tierras de lúcidos!

Al rato, un apático uniformado aparecía con un pizarrón, una tiza, hojas de papel blanco y una caja con mochos de lápices para repartírselos a cada uno de los raros.

Eso era todos los días, la misma rutina desde el comienzo del día hasta la hora de acostarse. Los apáticos pensaban que por sus características, lo que se pretendía era alfabetizarlos primero y luego hacer un experimento con ellos.

Pasaron los días y un camión se apareció con unos palos torneados en forma de bayonetas que fueron repartidos a cada uno de los raros.

Fueron entrenados día tras día y noche tras noche, de cómo ensartar con la bayoneta al oponente sin ningún tipo de remordimiento. Odio, mucho odio era su alimento principal y lo almacenaban en sus bigotes gruesos y sus barbas y se pasaban la lengua para saborearse, como si fuera dulce, inyectándose más veneno en sus corazones, justificación ideal para sus frustraciones de fracasados en la vida. Eran groseros cuando coincidían con los apáticos de a calle, presumían de saber más del mundo lúcido porque estaban acostumbrados a consumir y vivir en el ambiente que, a los apáticos, por muchos años les había sido prohibido. Eran todos unos hipócritas resentidos. Vestían y se comportaban estilo mundo occidental, nada que ver con las ideas que promulgaban. Los apáticos, con sed de saber, se dejaban llevar con sus ideas una vez más.

Alipio me contaba que un día, por casualidad, entabló contacto verbal con uno de ellos y que a éste se le había desprendido la lengua. Le dijo que ellos (los raros), provenían de otras tierras para aprender la vida de los apáticos.

Otra vez Alipio

Alipio pasó por un proceso largo durante la duración de su vida como persona no grata a la sociedad. Estuvo por un sinnúmero de pabellones destinados para apáticos similares a su condición por todo el territorio.

Integrarse al mundo y a su casa no le fue difícil, la única diferencia era que vivió un periodo mucho más riguroso y con una experiencia amarga, pero experiencia al fin y al cabo, que lo hizo reflexionar: «¡*mas nunca le voy a robar un calzoncillo ni a mi propio hermano!*»

En la casa, Ezequiel, como siempre o peor, haciendo de las suyas con sus cochinadas, con sus malos hábitos, los mismos que tenía cuando ingresó en la familia. Se paseaba por toda la casa con los calzoncillos cagados, con toda la verija afuera, enseñando los pelos del pubis, sentándose frente a la pantalla del viejo televisor con los pies puestos sobre la mesita de centro y limpiándose las caries con un pedazo de uña arrancada del dedo gordo del pie.

En una ocasión Alipio vio salir del cuarto a su hermana con el ojo izquierdo amoratado y gritando histérica porque Ezequiel, borracho, quería fornicarla por el ano y ella no se lo permitió, mejor dicho, no quiso. Otros días, cuando Ezequiel estaba sobrio, lo dejaba descargar sus fantasías sexuales sin protestar, ella lo disfrutaba.

Alipio no se metía en cuestiones de marido y mujer: «*Deja que ellos resuelvan sus problemas, mi hermana, cuando está de buenas, se deja hacer lo que le da la gana y al prosaico éste no hay quien lo cambie*».

Alipio medía las palabras en cualquier conversación y evitaba confrontaciones verbales o físicas.

Ya se le habían olvidado las bandas musicales que nos gustaban y que tarareábamos en la playa, eso sí, cada vez que podía se conectaba con la arena y el mar, se sentaba a la orilla, esta vez sin el radio y centraba su mirada hacia el horizonte.

¿Beber alcohol? ¡ni hablar! Fueron muchos años sin probar ni una gota que se le olvidó el sabor del licor, porque la voz de la conciencia le decía que eso también era un arma usada por los apáticos con poder para minimizarlos y manejarlos como títeres a su antojo.

En su casa, todavía se practicaba la adoración al cuadro de Fleet Wood Mac y al ícono insertado en ella. Si se encontraba en la casa, se limitaba a pasar la noche en el cuarto de hojalatas, si estaba afuera, esperaba con paciencia a que se fueran los adoradores.

En una ocasión lo acompañe a la playa a recordar tiempos pasados. Pasamos un buen rato conversando hasta que traté de embullarlo a darnos un chapuzón. Su respuesta fue negativa.

A punto de irnos, volví a insistirle y me dijo que sí, que necesita *limpiarse*. Lo dejé solo porque pensé que lo que quería era defecar, esperé tirado en la arena, salió del agua echando hacia adelante el short de baño y revisándose sus genitales me dijo:

—*Todo está bien.*

Yo le respondí, con sarcasmo, una grosería.

Me dijo:

—*No, te dije hace tiempo que a mí me da la menstruación.*

—*A los hombres no les da el periodo.*

—*A mí sí* —me respondió afirmativamente y molesto—.

Yo, una vez al mes meo verde y después me quito la hojita que comienza a aparecer a los dos días como un puntico, y a medida que pasa el tiempo, empieza a crecer hasta que se pone del tamaño de una hoja de perejil y empieza la «meadera» esa de nuevo.

—*¿Y no te duele?*

—*No, es que se me sale el orinar sin darme cuenta, solo.*

—*¿Y desde cuándo te pasa esa mierda?*

—*Desde que conocí a una puta, que de lo único que me acuerdo es que se llamaba Marion.*

A partir de ese día Alipio y yo nos veíamos de vez en cuando, cada día más alejados el uno del otro. Llegó a un punto que ambos perdimos el interés de vernos. Me dije: «Cada loco con su tema», así que ambos, sin querer, volvimos a conectarnos en nuestros pensamientos como lo hacíamos muchos años atrás, cuando esperábamos el autobús frente a la casona, o en la playa oyendo en el radio las informaciones y modo de vida de los lúcidos.

La Massiel

Los apáticos inconformes solíamos reunirnos por las noches en ciertos puntos de la ciudad, preferiblemente lugares que aún guardaban algo interesante que habían dejado los lúcidos, por ejemplo: sentados en las escaleras de un teatro ya clausurado por peligro de derrumbe o afuera de un establecimiento que, por razón de olvido, un apático uniformado no retiró un anuncio comercial de Coca-Cola.

Siempre uno de nosotros llevaba el viejo radio de baterías que habían sido reemplazadas por otras inventadas, (los apáticos éramos expertos en el invento) y nos apilábamos alrededor del radio para oír la música de los lúcidos.

Al paso del tiempo se incorporaban más inconformes, hasta que los uniformados se percataron de la situación.

Una noche notamos la presencia de camiones de color verde. Eso nos encendió la chispita de la duda: ¿Qué pasaba?

Avispados y sin perder tiempo nos dispersamos y comenzamos a salir corriendo. Efectivamente, nos venían a buscar y llevarnos, sabe Dios destinados a dónde, pero a nada bueno nos iban a llevar.

La Massiel optó por ir en dirección al mar, se paró en la orilla pensando que ya no tenía salida, que en cualquier momento la venían a recoger, miró hacia el horizonte y lejos, muy lejos, divisó un punto blanco, se lanzó al agua y comenzó a nadar... y nadar... por horas de nunca acabar, hasta que llegó al punto ya convertido en un barco de transporte de mercancías con bandera de Liberia. ¿De dónde es ese país?, no sabía la historia de Liberia ni de sus habitantes, pero no le importaba nada, sólo quería salir de la tierra, que por su corto tiempo de vida, se le había hecho imposible vivir.

–*Esto pinta bien* –pensó.

Gritó por ayuda y tres marineros la sacaron del agua y los cuatro abordaron la embarcación. Ella, muy cansada, no podía levantar sus brazos y estaba morada por el frío del agua en aquella noche sin luna.

El barco se dirigía a la costa oeste a descargar su mercancía, pero una vez más, otra apática que tuvo que pagar un precio extra del que ya había pagado en su travesía a nado, llegó a un acuerdo con la tripulación, sería fornicada todo el tiempo hasta llegar a la costa de los lúcidos.

Su primera impresión le fue impactante, probó golosinas jamás conocidas, unas agradables a su paladar, otras no tanto. En cada mordisco se acordaba de los que había dejado atrás, de Juan, de Alfredo *el mocho*, de Lisdeilis, de Armando *cara sucia*, especialmente recordaba a *Entre paréntesis*, un apático que adoptó ese apodo por tener las orejas grandes y echadas hacia adelante.

¿A dónde fueron a parar en aquella corredera? ¿Los habían agarrado y montado en esos camiones? ¿Algunos habrían logrado llegar a sus casas? Ése fue mi caso, corrí varios kilometros hasta ver a mi madre parada en el portal a ver si yo aparecía.

Cuando me vio, comenzó a llorar, ya tenía conocimiento de aquella recogida de apáticos en pleno centro de la ciudad, a sabiendas de que yo era partícipe de esas reuniones.

Alipio y Diógenes

Me habían llegado rumores de que Alipio se había vuelto loco, que nada más hablaba pura mierda y que ya no lo soportaban, porque cuando hablaba era mediante frases entrelazadas y llenas de contradicciones.

Para todo tenía una respuesta en forma de proverbios o a una pregunta contestaba con una respuesta ambivalente.

No lo aguantaban, primero porque no entendían el mensaje de lo que hablaba y segundo, no los miraba de tú a tú. Ignoraba su presencia dirigiendo la vista hacia otro lado, no necesitaba ni le interesaba la opinión de los demás porque consideraba que la verdad absoluta la tenía él y nadie más.

Su cambio radical comenzó a partir de cuando estaba recogiendo escombros de la calle, tarea que él mismo se asignó, para apilarlos en un rincón y pasar su siesta tendido en aquella mezcolanza de desperdicios y putrefacciones.

De verdad que era raro, sustituyó su cuarto de hojalatas por estar bajo el sol a la una de la tarde, cuando la temperatura estaba como para romper el termómetro.

El resultado de este cambio tan brusco se debió a que un buen día, cuando estaba en la faena que él mismo se había escogido, tropezó con un libro amarillento con casi todas las páginas arrancadas a propósito o por accidente. Las demás sobrevivientes estaban amarillas, pero aún legibles, y Alipio encontró a Diógenes, *el cínico*, en esas páginas, y las leyó una y otra vez, prestando mucha atención al modo de vida que Diógenes, *el griego*, escogió.

La lectura de este personaje se le metió en la cabeza. Terminaba la última página y comenzaba de nuevo desde la primera. Muchas veces lo repitió y siempre llevaba consigo, bajo el sobaco, el libro desmembrado, quizás de otras biografías igual o más interesantes, que las de Diógenes, *el cínico*.

Sin querer, estaba repitiendo lo mismo que hacía el Supremo en sus tiempos de juventud, cuando pensaba que el odio era la solución a los problemas y se metió de memoria el Mein Kampf.

Alipio interpretó las enseñanzas de Diógenes como algo positivo, sincero, siempre a la defensiva y sacó como conclusión que el ser cínico no era un defecto, más bien una virtud.

Esa era la forma más ética y efectiva de un ofendido, defenderse del ofensor, en pocas palabras, se dejaba desarmado al provocador, al que trata de denigrarte, al envidioso, al que te quiere lastimar y verte con la cabeza baja por bochorno.

Se aferró a la *filosofía del perro*, sobretodo porque veía el futuro, el mismo que yo esperaba. Sabía que en corto tiempo los apáticos iban a parar como Diógenes, defendiéndose con la verdad entrelazada y disfrazada, usando como arma el cinismo y adoptando el estilo de vida del filósofo pordiosero que prefirió vivir su vida al revés de todos, lamiendo el agua de los charcos contaminados, los lagos y los ríos, haciendo sus necesidades fisiológicas a la luz del día, frente a los transeúntes, en la calle, sin importarle nada. En días calurosos, se restregaba en la arena caliente y en las noches frías, se abrazaba a las estatuas congeladas. Vivía en un mundo que para él no tenía remedio y ese mundo se nos venía encima muy pronto. Alipio quería estar preparado para recibir ese mundo.

La noche de los locas

El cine, como siempre, pocos apáticos interesados en lo que el proyector enviaba a la gran pantalla, películas aburridas con un final insípido y con un KOHE4 al final.

Los apáticos acudían al cine más bien para aprovechar la oscuridad y manosearse, quizás era su lugar favorito.

Donde estaba la actividad a todo dar, era en la entrada del cine, ahí Poperka, *la princesa*, ya acostumbrado a pasar las noches en los pabellones, con donaire de realeza, le indicaba al *chauffeur* del vehículo verde: ¡Cochero, a Palacio!

Ése era el lugar escogido por *las locas*, ahí echaban afuera toda su euforia, a los ojos de todos los apáticos sin inhibiciones y sobretodo dispuestos a soportar y repostar cualquier tipo de agresión.

Este comportamiento tenía muy preocupados a los de la élite de poder, tenían la situación fuera de control. Recurrieron a todas formas de represalias y ninguna les funcionó.

Se vieron obligados a buscar nuevos métodos para acabar, de una vez y por todas, con este problema tan complicado.

No les quedó más remedio que cruzar el mar y buscar otras tierras afines, hasta que encontraron la más adecuada para sus propósitos.

Desembarcaron en una tierra cubierta de arroz. Pisando y arruinando todos los granos que se encontraban a su paso, se dirigieron al máximo líder de la tierra del arroz a ver si tenía la solución.

Éste no sólo la tenía, había resuelto el problema. Concentró a los locas de la tierra del arroz a la orilla del río, repartió palos a un pelotón de uniformados y a puro palazo los fueron matando y tirándolos al río, la desembocadura arrastraba a los muertos hasta el mar, donde los tiburones terminaban el trabajo. Aquellos que sobrevivían terminaban lapidados por la turba del pueblo.

Después de estudiar minuciosamente el método usado por los arroceros, el Supremo concluyó que era un poco rústico, cosa que iba en contra de los apáticos uniformados, porque se consideraban más civilizados.

Planearon algo más práctico y el resultado salió trágico para unos, placentero para otros.

«Los locas» serían enviados a pabellones destinados para apáticos, desviados y de toda clase, ladrones, asesinos, pura lacra.

Los primeros en llegar a los pabellones de rehabilitación, tenían la suerte de ser escogidos por los encargados del orden interno, todos especímenes de muy baja categoría.

«El loca» escogido tenía una ventaja a su favor, casi siempre era de glúteos más protuberantes y de carácter dócil, éste sería protegido por su nuevo protector del resto de los demás y sería sólo para él, la pareja, en muchos casos simulaba casarse con ceremonias y todo, *la loca* se tiraba un trapo blanco por la cabeza pretendiendo ser el velo, mientras que el *novio* se vestía con los trapos que él consideraba su traje de gala para la ocasión. Los demás encerrados festejaban el casamiento desde sus literas gritando: «¡Vivan los novios!», entre risotadas burlonas, otros tomándolo en serio.

El resto de «los locas» no corrían la misma suerte, eran violados sistemáticamente, abusados, muchos acababan en el hospital destinado para apáticos con graves heridas en el instestino grueso, otros morían antes de llegar.

La duración en los pabellones era por un mes, para dar espacio a los próximos *locas* que estaban regados en las calles. Así fueron eliminando poco a poco a esta lacra social que tanto trabajo les había dado para sacarlos fuera de circulación.

Thais

El balcón, doce horas sentada en su sillita de hierro, no sé cómo podía soportar esa tortura posando sus nalguitas flácidas sobre aquel mueble que ya algunas de sus varillas estaban rotas, con la punta filosa apuntando para arriba y Thais muy cómoda.

Introvertida, un saludo mañanero de pocas ganas, sólo levantando su mano y moviendo sus dedos con sus uñitas roídas, poco presumida: «*Con estar limpia ya me basta*», comentaba en la bodega cuando iba a recoger lo que le pertenecía de alimento.

Al anochecer, Thais se retiraba del balcón a su modesta habitación, rascándose y halándose su ropa interior trabada entre sus nalgas, comía algo e iba directo a la cama. Un día más de frustración y espera.

Hasta que llegó el día esperado: Desde su balcón divisó a su mejor amigo, el confiable. El hombre se puso la mano en la cabeza, después se metió el dedo indice en ambos huecos de la nariz aparentando estar sacándose los mocos y después dispararlos al piso con el dedo del medio, ¡ésa era la señal! En dos días, alguien la vendría a recoger y trasladarla a un lugar muy recóndito, muy cerca del mar.

Dos días eran suficientes para lograr un deseo muy desperdiciado, por cierto porque esperó mucho tiempo. Desde su balcón revivió la escena de Romeo y Julieta a su manera, le indicó a su amigo que subiera al apartamento.

Esperó casi doce años para ser desvirgada, justo cumplidos sus veintisiete años. En su pubertad gozó con su dedo a su manera. Llegado ese tan anhelado momento, ese segundo día, su amigo la condujo a la inhóspita playa donde estaba supuesta a abordar una yola. Ya ésta estaba llena, así que tuvo que esperar por la próxima. Compartió el viaje con seis apáticos más y una niña que aún no había cumplido su primer año de nacida, además una mujer preñada.

Pasaron catorce días en el mar, ya con las reservas de alimento y agua agotadas. La preñada se brindó a alimentarlos con su leche y todos, incluyéndose ella misma, empinándose sus tetas a la boca, sobrevivieron los catorce días, sin rumbo, pero siempre con la esperanza de llegar a la tierra de los lúcidos.

Años después se supo de la vida de Thais. Había contraído matrimonio con un lúcido joven y adinerado, tenía dos hijos con él y sin necesidad de trabajar para su sustento.

Se quedaba sola en la casa, haciendo las tareas propias del hogar con pocas ganas, organizaba y reorganizaba la cocina, la limpiaba una y otra vez por gusto, porque no cocinaba, la alfombra encartonada de mugre, de la orina del gato, *¡eso es mucho trabajo!*

Aburrida, se iba de compras, hacía su mercado en cosas que ni le hacían falta, sólo almacenando en el clóset de su cuarto objetos que jamás usó, zapatos que ni le servían, pero sólo el color le llamaba la atención, gastando dinero a diestra y siniestra, en pócimas que cuando se las untaba, se iba corriendo al baño a restregarse el jabón y sacarse la peste de tan mala decisión.

Recorría los pasillos de los tenderos sola, fijándole la vista a cuanto hombre solo se encontraba, se molestaba cuando no se fijaban en ella ni se le insinuaban, el que le gustaba se lo almacenaba en la mente.

Ya, a media tarde, antes de que su marido llegara, se relajaba en la cama desnuda, tendida con una sábana blanca almidonada, con una adicción que nunca había logrado quitarse, seguía con la manía de jugar con su vagina como en tiempos atrás solía hacer, cuando empezó apenas cumplidos sus quince años.

Lola la Cotorrona

Parecía que estaba sembrada a la puerta de su casa. La puerta, ¡ah, esa maldita puerta! con un emblema de ¡**VIVA EL SUPREMO**! estampada en el medio, que se notara bien, y una rendija para asomar su ojo, primer receptáculo de sus cinco sentidos y mandar la señal al.. ¿cerebro? No creo que lo tenía.

Ésa era la asignación que debía cumplir todos los días.

Lola no cesaba de vigilar a los demás apáticos, su obligación era denunciar cualquier tipo de actividad que ella considerara sospechosa, como apáticos hablándose al oído, a veces se confundía cuando observaba a una pareja besándose en la calle. Revisaba minuciosamente los paquetes, si la persona llevaba algo fuera de lo que le correspondía ese día, ella lo reportaba a los uniformados y ya ellos decidían qué hacer con el apático.

Era solterona, desde niña era torpe y bruta, no se le metía nada en la cabeza, ni las matemáticas, ni la biología, ni siquiera escribir en lengua apática las primeras letras del alfabeto, pero sí era muy hábil en delatar a un niño cuando éste lanzaba el borrador a la pizarra o copiaba de otro en los exámenes.

Los uniformados se percataron que ésa era su cualidad, su verdadera vocación y desde temprana edad la entrenaron bien para su futuro, solamente limar algunas asperezas y listo.

A *la Cotorrona* le faltaba el dedo meñique y su nariz era muy pronunciada. Había controversia entre los apáticos y a ella le entraban las sospechas por la nariz, es decir, olía primero, escudriñaba después con sus ojos y por último hacía la denuncia.

Un día, al Supremo se le metió en la cabeza que los niños, a partir de los siete años hasta los catorce, no deberían consumir leche. Esa idea le vino en uno de sus maratónicos discursos mediante la disonancia cognoscitiva, convenciendo y confundiendo a la multitud de apáticos, justificando su decisión. ¡Desde los siete hasta los catorce no más leche! Y todos, como siempre, aplaudieron.

El hijo de Magdalena, una mujer que había nacido antes de la estampida de lúcidos y había crecido a sólo tres puertas de la casa de Lola, tenía nueve años de edad.

Un día, cuando Magda estaba en el centro de alimentos a recoger lo que le pertenecía, notó que no le habían incluido la leche.

Un apático le confesó que oyó a Lola hablar con el encargado del centro, y lo único que llegó a oír fue «el niño de Magdalena».

A Magda las orejas se le tornaron rojas, cerró los puños y salió corriendo a casa de *la Cotorrona*. De una patada derribó la puerta, el emblema de la puerta salió volando por los aires, Magda se fue directo al fondo de la casa, donde Lola estaba hirviendo el huevo del día, la agarró por los pelos y la arrastró hasta la calle. «*¡Hija de puta!*». Le agarró la boca exprimiéndosela, enterrándole las uñas en los labios hasta hacerlos sangrar, un diente se le trabó en la garganta obstruyéndole la faringe. Lola se atoró a punto de ahogarse.

Magdalena la dejó tirada en el piso, lanzándole escupitajos, la última escupida iba cargada de la más jugosa flema amarilla de un catarro mal cuidado que le quedaba en la garganta.

La lección le duro bastante a Lola. Pasó días tirada en la cama toda dolorida por la golpiza que le había propinado Magda, Lalo, su marido, sentado en el sillón de la sala como si nada hubiera pasado, muy bajito, oyendo por el radio las informaciones de los lúcidos y con una sonrisa burlona, cada vez que oía a *la Cotorrona* desde la cocina quejándose, se le escapaba una carcajada que no podía disimular.

Al siguiente mes, Lola volvió a sus andanzas, ya el daño de todas formas estaba hecho. El hijo de Magdalena no volvió a beber más leche hasta cumplidos sus catorce años y ella seguía buscando más niños, porque se fijó una meta que no se sabe cuántos más se quedaron sin tan *innecesario* alimento.

Días turbulentos

Un día, a primeras horas de la mañana, los apáticos se percataron de un ambiente raro, una ventolera muy poco usual, rachas de viento combinadas con un polvo que cambiaba de colores constantemente, formando en ciertos sitios algo semejante a un arcoíris.

Todos estaban muy nerviosos, al parecer por el cambio tan brusco del aire que respiraban. Algunos, sin razón, gritaban de alegría, como Ulises y Rosario, siempre esperando un milagro, separarse de la maldita casucha y de la vieja que nunca los soportó. Visualizaron una casita con jardines y todo, sólo para ellos, sin el arrastre de su familia. Otros, incluyendo a Rosendo, parecían desorientados y cuestionaban al ícono de su preferencia, implorándole que les diera una respuesta, una señal de qué era lo que estaba sucediendo.

Tiraban gallinas degolladas amarradas con trapos rojos en las intersecciones de la calles, otros se iban a las iglesias abandonadas llorando y pidiendo perdón por cosas banales, asuntos baladíes.

Una agitación general, gente en las calles alborotadas y desorientadas, no sabían qué hacer, mucha confusión, los niños jugaban a la pelota y ésta desaparecía de una patada, se quedaban atónitos cuando inflaban una cosa que de repente se hallaron en sus bolsillos, una tira plástica que cuando la soplaban, agarraba forma de esfera, ésta volaba y volaba y se perdía en el cielo. ¿A dónde fue a parar?, se preguntaban. Otros niños se aferraban a esos balones y no los soltaban por temor a perder tan bella esfera de colores para que no se las robaran.

Dentro de sus casas, los objetos que poseían se les mostraban de forma fantasmagórica, las mesas, las camas, todos los maltrechos muebles se veían difusos y luminosos, con otra apariencia, lindos, los mismos, pero lindos, sus camas tendidas de sábanas blancas almidonadas y sus almohadas impecables, olorosas, lo nunca visto. La vestidura olía a sudor de animal salvaje, nada de peste, simplemente un olor que atraía al sexo. Las mujeres se tiraban en la cama arriba de sus hombres boca arriba, todas abiertas, estrujándoles los testículos con sus nalgas sin importarles la condición de sus penes, si estaban trabados o erectos, y gozaban con el juego que sus maridos, con sus dedos, les hacían entre sus muslos hasta parar en sus vulvas con dulzura y cariño, recogían sus piernas y entrelazaban sus pies después de un final de gozo y satisfacción.

El lugar donde arrinconaban sus raciones de alimento no era ése, era otro, no un huevo, ¡veinte!, no un pedazo de pan, ¡el pan completo! ¿La leche? Dios mío, ya no venía con la etiqueta de PARA MAYORES DE CATORCE AÑOS, ahora era otra advertencia: LECHE BLANCA Y PURA PARA TODOS.

Las calles con el mismo farol, ahora estaban más iluminadas y las aceras limpias de desechos malolientes, no había charcos de acumulación de las miasmas de todo el barrio. ¿Acaso esto era un sueño? No se sabe cómo aparecieron canteros sembrados de plantas ornamentales, el olor a humedad, ese olor que inspira vida, producto de una lluvia en forma de tintineo, la lluvia que a muchos les gustaba disfrutarla en sus ventanales, tirados en el piso frío de sus salas, mirando por la rendijita entre el piso y el ventanal, custodiando la vía y los senderos donde por años transitaban a diario día tras día, tropezando con piedras, charcos contaminados, aquella pestilencia que salía de las alcantarillas reventadas, esos pedacitos de heces fecales, «carmelitas» redondos, flotando y dando vueltas y más vueltas por toda la calle, hasta apilarse en un rincón de la acera y ellos metiendo sus pies expuestos a cuanta infección fuera. Todo eso había desaparecido como por arte de magia y aquellas aceras y veredas empezaron a iluminarse por luciérnagas y cocuyos, dando un espectáculo de belleza y tranquilidad, un césped verde, parejo, sin imperfecciones y esos insectos posándose arriba de aquella putrefacción para matar, disimular, por si acaso. Nada de eso, mataron la peste. Esos animalitos luminosos fueron muy importantes en ese momento, una incógnita de dónde provenían, ¿de dónde salieron? Yo los visualizo posados en los bordes de las aceras, un verde lindo, casas remodeladas de pronto, en un barrio de siglos nombrado **Santos, One of the santas places**, como lo denominó Matheus, el viejo gruñón en una de sus películas. ¡No sé qué! ¡Un lugar muy lindo!Rosendo saltaba de alegría porque su cuartico, donde guardaba sus recuerdos, estaba como cambiado, fotografías de sus antepasados tomaron vida. Él no estaba seguro si estaba cambiando su pasado, sólo recordaba sus buenos tiempos de don Señor, siempre soñando con la Mendieta, la que conoció de casualidad en la ciudad de las luces de neón y que nunca pudo olvidar porque ése fue su motivo de seguir viviendo. Con toda esta agitación a su alrededor, se movía de un lado a otro de su cuartucho tratando de encontrarse con Lucía. Estaba borracho, no era capaz de darse cuenta de lo que estaba pasando, totalmente desorientado. Después que todo pasó, pisaba las losas agrietadas del pasillo del solar donde vivía partiéndolas aún más, los mosaicos de colores, ya descoloridos por el tiempo, filosos, gastados, le cortaban los pies, se aferraba a las barandas endebles para no caerse, blandeando las tablas podridas que forraban las barandas de hierro sujetadas por tornillos oxidados por siglos de lluvia, humedad y de historia, confundido por completo. Pasaron muchos días, una algarabía en las calles sin razón de ser, era como un sueño generalizado.

Los días pasaron y todo volvió a la normalidad, de pronto despertaron y era como si nada hubiera pasado, la vida seguía igual, Gudelia, Rosario, Ulises, confundidos, todo aquel aparatoso pasaje desapareció, aquella combinación de polvo de colores y viento paró en las orillas de las aceras y recorría todas las calles y avenidas hasta desaparecer en los desagües decantados, ahí se iba también la esperanza.

Lluvia de libros... ¿y para qué?

*E**l país de las sombras largas, El Tábano, Rebelión en la granja, La gran estafa, Mil novecientos ochenta y cuatro, Cien años de soledad, Kaplan, Escape en diez segundos, El judío internacional, Los protocolos de los sabios de ziom*. ¡Cuánta información!, y para qué contar de *Papillon*. ¡Cuánta semejanza a lo que ellos querían evitar! Selecciones, este último caía del cielo o venía por el mar con informaciones o anécdotas dotadas de cuentos y vivencias lindas y tristes de los países donde los lúcidos habían echado sus raíces, anécdotas e historias personales. Una vez que los apáticos leían sus páginas y se las metían en la cabeza, aprovechaban sus hojas y las arrancaban para enrollarlas con picadura de tabaco recogidas de las calles de apáticos con poder, las hojas eran muy finas, las picaduras de tabaco y cigarrillos que recogían de la calle, se conformaban y se acomodaban muy bien en esas hojas, era rico fumárselas. Ulises me dijo una vez que no le interesaba meterse tinta en los pulmones. «*Soy vicioso al cigarro, pero no a tal punto que mis pulmones se llenen de tinta, a partir de hoy no fumo más*». Así, de un tajo, Ulises dejó la manía de «nicotinizar» su cuerpo.

Por las calles del distrito cultural deambulaba una nueva clase, los «*snoboides*», con libritos debajo del sobaco, lo mismo un diccionario que una revista de crucigramas, con sus pantalones apretados o *belt botton*, los libros proscritos los forraban o le cambiaban la carátula, con sus espejuelos de miope, camisas bien entalladas y donaire de intelectuales, si un guardia los paraba a pedirles identificación, le mostraban *El capital* y asunto resuelto, los dejaban tranquilos. Revoloteaban como zopilotes alrededor de los teatros y peñas literarias autorizadas por el Supremo, a ver qué se les pegaba, a ver si se les daba una oportunidad, aunque fuera para hablar mierdas, muchos con una guitarrita colgada al hombro y viejas partituras de Francisco Tarrega decomisadas a sus abuelos, porque en un tiempo, los apáticos con poder pensaron que esos garabatos eran contraseñas perjudiciales, claves, listas para mandar mensajes por medio del tic tic del telégrafo, tratar de escapar de que los fueran a obligar a hacer trabajos forzados junto a *los locas* en los campos ya llenos de malezas y tierra improductiva, dándole loas al Supremo porque ésa era la única forma de sobrevivir en el país de los apáticos inconformes. Muchos triunfaron, llegaron incluso a tomar puestos importantes en la nomenclatura apática, de ahí surgieron ministros, representantes en países, aún de lúcidos, los más beneficiados en una tierra donde nadie tenía oportunidad de desarrollarse como ser individual, como un **yo**, el *yoísmo* que el Supremo tanto criticaba. **Yo creo. Yo aporto para el bien de todos, y espero ser remunerado por mi aporte, porque para eso puse mi mente y mi espíritu a funcionar, como lo hicieron mis antepasados** y los parásitos apáticos queriendo robarles sus ideas o adaptarlas modificándolas a su forma y conveniencia.

Pasaron mucho trabajo, eran pura contradicción deambulante porque para los apáticos inconformes representaban la delación y para los «*nomenclaturados*» representaban dudas, malos modales, con sus cosas positivas porque eran unos perfectos disonantes, eso sí, muy atractivos para ser manejados y utilizados en otras tierras donde ya la mala yerba de la apatía comenzaba a crecer y multiplicarse, sólo faltaba fertilizarla con un poco de abono apático y quién mejor que estos nuevos representantes de la nueva vida, que sólo bastaba darles un empujoncito y ellos solitos se encargarían de sembrar el odio y la cizaña entre los habitantes de esas tierras a cambio de un pequeño respiro de libertad, antes que las cosas se les pusieran de mal en peor, producto de lo que ellos mismos estaban cultivando.

Se pertrecharon muy bien de poemas, prosas, pócimas y música y las dispersaron en todos los campos donde la tierra estuviera necesitada de cambios, eso nunca jamás iba a faltar, y habían poblaciones enteras que pedían a gritos por un aguacero milagroso que los sacara del olvido, el descuido, el desdén, el abandono feroz al que fueron sometidos durante siglos por los más poseídos... y se dejaron llevar por los «*snoboides*» que se encargaron de endulzarles sus oídos, tocando las arpas de la belleza con sus dulces, soslayadas y satánicas melodías, no faltaron los que, de buena voluntad, asieron la mano de niños, jóvenes y ancianos y les enseñaron a escribir las letras fundamentales del alfabeto apático, enfatizaron mucho en enseñarles a escribir más que a leer, así que los más vivos ya podían escribir: VIVA, ABAJO, FUERA, el subjuntivo ISMO, muy importante para definir categorías, SUPREMO, PERRO, FEO, HAMBRE, GLORIA, LIBERTAD, MUERA, LUCHA, PRISIÓN, los más rezagados aprendieron a escribir PAPÁ, MAMÁ y su nombre después de mucha insistencia, otros ni siquiera aprendieron a escribir la O ni con la punta de un tubo.

Una vez que terminaban sus responsabilidades, regresaban a la tierra de los apáticos a ver qué les esperaba, recibían las buenas o malas noticias con indiferencia total, era de lo más con lo mismo, no había cambios, eran otro grupo de apáticos confundidos en las calles con las mismas miserias de los demás, quejándose para adentro, llorones, cobardes, creyendo que iban a ser remunerados, cuando era todo lo contrario, los reprendían por haber sido flojos, a otros les halaban las orejas por haber abusado del consumismo olvidándose de sus principales deberes. Nada, se tuvieron que sumar a las filas de apáticos soñadores esperando por un milagro y rezongando porque no tomaron la decisión de caminar un poco más, saltando los charcos del miedo y la incertidumbre del qué será lo que hay del otro lado.

La estampida, un adiós

Una ola de agua verde inundo la isla, la confusión y el corre, corre para dónde agarrar, como siempre, la desorientación de si irse para las montañas o para el mar, la arena de la costa se volvió rebelde a los pies de quienes la pisaban, como regañándolos, porque esa arena de siglos no entendía el porqué de esa traición de sus pobladores, ¡con tanto que les di, tanto disfruté que se asolearan encima de mí o que fornicaran parejas enamoradas, o *aberrados*, yo, arena, los hice felices! No creyeron en promesas apáticas, no les importaba un futuro incierto, sólo salir y respirar, porque ya les estaba faltando el aire, una condición muy fastidiosa, y apisonaron la arena tan fuerte, hasta formarla en adoquines donde los rezagados dejaban el pellejo de sus pies en la corredera por alcanzar la costa y seguir como sea, a como diera lugar y nadar y nadar. Los más seniles entonaban cánticos de viejos tiempos... *la luna, ¿qué sabe la luna? ¡la triste fortuna de amar como yo!* Otros que se salpicaban la cara de agua cuando nadaban entonaban a coro... *lluvia que goteas mi ventana, con tu suave tintineo.*

Una locura, una gotica de agua basta para sacarte de quicio, increíble.

Resentidos y guapetones empezaron a arrancar de los techos varillas de aluminio que una vez les sirvieron de receptores de información y las convirtieron en flechas lanzadas hacia atrás, a quien le cayera no les importaba ni se preocupaban, a algún hijo de puta delator le va a caer en la cabeza, el mismo que corre igual que nosotros, si le cae a mi hermano... ¡se jodió!, es porque se lo merecía.

Alipio aprovechó la ocasión, corrió y corrió hasta más no poder, dejaba de tramo en tramo un pedazo del pellejo de sus pies , el dedo gordo; atrás quedaban huellas de sangre de los cayos o del pellejo, su piel de mulato se volvió ceniza y su bemba se estiró, le faltaba el aire, al final, extenuado, pisó y cayó encima de una caja de música tirada en la arena, se levantó, siguió corriendo y de milagro la caja quedó intacta, aún más, la bailarina daba vueltas sin parar con sus brazos entrelazados y ella en puntillas, bella, delgada, su mirada fija a cada vuelta que daba la caja de música, hasta que la caja de música paró paróode gir. ar. apuntando al horizonte y preguntado: ¿a dónde irá Alipio? Alipio se perdió en ese mar verde, queriendo cargar con sus basuras, las que arrastraba desde su ídolo Diógenes, ¿dónde paró? Nadie sabe, perdido, pero yo muy seguro estoy feliz, a donde quiera que esté, está contento, libre.

Y llegaron malas noticias, Alipio murió de tétanos, de tanto pincharse sus dedos, murió rígido, parecía una tabla inmóvil encima de la cama, mala muerte y mucho sufrimiento en sus días finales, sus músculos no respondían a sus gritos pidiendo alivio y, por casualidad, en el país de los apáticos padecían del mismo tétanos, sin haberse infectado con una cajita de música *pinchante* que nunca pisaron, pero inmóviles, nunca los dejaron pensar, sólo seguir la corriente, esa corriente sin final que nunca ha acabado, que sabe Dios cuándo acabará, algún día, Dios mediante.

¿Cuántos de nosotros no hemos querido cambiarle el curso a una película? El que esté limpio de esa culpa, que lance la primera piedra.

www.ingramcontent.com/pod-product-compliance
Lightning Source LLC
LaVergne TN
LVHW041539060526
838200LV00037B/1055